KB123739

로크미디어가
유혹하는
재미있는 세상

만렙닥터 리턴즈

만렙 닥터 리턴즈 4

2022년 3월 7일 초판 1쇄 인쇄
2022년 3월 11일 초판 1쇄 발행

지은이 13월생
발행인 김정수 강준규

기획 이기헌 왕소현 박경무 강민구
책임편집 주현진
마케팅지원 배진경 임혜솔 송지유 이영선

발행처 (주)로크미디어
출판등록 2003년 3월 24일
주소 서울시 마포구 성암로 330 DMC첨단산업센터 318호
Tel (02)3273-5135 **편집** (070)7860-2726 **Fax** (02)3273-5134
홈페이지 rokmedia.com **E-mail** rokmedia@empas.com

ⓒ 13월생, 2022

값 8,000원

ISBN 979-11-354-7404-0 (4권)
ISBN 979-11-354-7400-2 04810 (세트)

ROK
MEDIA
로크미디어

만렙닥터

13월생 현대 판타지 장편소설 ④

리턴즈

Contents

대법원장의 막내아들 (2)

"제가 타란 말도 하지 않았는데요? 빨리 내리시죠!"

"어휴, 제가 말씀드리지 않았습니까? 제가 그깟 기사 욕심에 이러는 줄 아십니까? 이런 장면이 기사화돼야 사람들이 장기이식에……."

팔을 잡아 끌어당겼음에도 불구하고 기자가 차 안쪽으로 몸을 밀고 들어왔다.

"내리라고 했습니다!"

"윤찬아, 그냥 하자. 기자님 말씀대로 이 일을 계기로 장기이식에 대한 인식이 좋아질 수도 있잖아. 이렇게 찍어 두면 나중에 교육 자료로 활용해도 좋을 것 같은데?"

장대한이 기자의 말을 거들었다.

"……네. 그럼 기자님, 최대한 수술에 방해되지 않도록 해 주십시오. 환자 목숨이 걸려 있는 일입니다."

어쩔 수 없었다. 선배의 말을 거역할 순 없는 노릇이었으니까.

"그럼요, 당연하죠!"

자신을 나 기자라 소개한 양반이 환하게 웃으며, 캠코더를 돌리기 시작했다.

"문제가 될 만한 내용은 찍지 마세요."

"원투 데이 기자 합니까? 그건 제가 알아서 합니다."

"……알았습니다."

몹시 못마땅했지만, 눈곱만큼이라도 장기이식에 대한 저변이 확대될 수 있다면 그 또한 나쁘진 않았다.

"기사님, 출발합시다."

"네."

그렇게 무진동 차량에 탑승한 우리는 서울을 향해 출발했다.

늦은 시간이라 차는 막히지 않았다. 그렇게 대구를 나서 대전쯤에 도착할 무렵이었다.

이대로라면 최소한 3시간 안에는 병원에 도착할 수 있다.

우린 이제 심장 적출을 준비해야 할 때였다.

"홍 선생님, 이제 시작해야 할 것 같습니다."

"그, 그래."

홍순진 선생의 얼굴이 붉게 상기되어 있었다.

"이지은 간호사님이라고 하셨습니까?"

"네, 선생님."

"에토미데이트(전신마취제)준비되어 있습니까?"

"네, 선생님. 여기 있어요."

"좋습니다! 그러면 도너(공여자) 전신마취 하겠습니다."

"윤찬아. 뇌사자도 마취해?"

"응, 최소한의 예의야."

난 뇌사자의 팔에 마취제가 담긴 주사기를 꽂고 정맥주사
했다.

"……그렇군."

"음, 이제 시작해도 될 것 같습니다, 선생님!"

마취를 마친 난, 홍순진을 응시했다.

"좋아, 한번 해 보자!"

후우, 홍순진이 깊게 숨을 들이마셨다.

띠리리링.

그 순간 울리는 전화벨 소리, 고함 교수의 전화였다.

"간호사님, 전화기 좀 제 귀에 대 주시겠습니까?"

"네, 선생님."

-너희들 어디야?

김지은 간호사가 전화기를 대자마자 수화기가 쩌렁쩌렁 울렸다.

"지금 대전 지나고 있습니다."

-심장은?

"네. 지금 안전하게 운송……."

-너, 이 새끼! 거짓말 많이 늘었다?

"네? 거짓말이라뇨?"

-인마, 네놈이 뛰어 봐야 벼룩이지. 넌, 내 부처님 손바닥 안에 손오공이야. 김만섭 교수가 얼씨구나 좋다고 네놈들한테만 맡겼을 것 같아? 너희들 지금 차 안에서 뻘짓 하려는 거지?

아무래도 김만섭 교수가 고함 교수에게 연락을 취한 모양이었다.

"……죄송합니다. 그럼 어떻게 할까요?"

-인마, 뭘 어떻게 해? 그렇게 호기를 부렸으면 해내야지. 내가 허락한 거야.

"네?"

-뭘 자꾸 네네거려? 내가 심장 적출 허락했다고.

"아, 네. 감사합니다."

-무진동 차량? 네 대가리에는 도대체 뭐가 들었냐?

"네, 아무래도 적출을 하려면 그게 좋을 것 같아서요."

–좋아! 아무튼 난 너희들을 믿는다. 이거 잘못되면 너희들이나 나나 전부 옷 벗는 거야. 알아들어?

"네, 각오하고 있습니다."

–당연히 각오해야지. 너희들 손에 환자들의 생명이 걸렸다는 걸 명심해. 지금 너희들이 무슨 짓을 하는 건지 알고는 있는 거지?

"네."

–터진 입이라고 대답은 잘하는군. 아무튼, 사고 쳐 놓은 것까진 좋은데, 그 책임은 반드시 져야 할 거야. 반드시 결과 만들어 내. 만에 하나, 그 뇌사자 잘못되면 죽는다! 알았어?

"네, 알겠습니다."

–홍순진 선생이 집도한다면서?

"네, 맞습니다."

–홍순진이 바꿔!

"네."

난 전화기를 홍순진 선생에게 넘겼다.

–이봐, 홍순진이!

"네."

–해 봤잖아? 어려울 것 없어.

"네, 교수님."

–넌 손이 야무져서 잘 해낼 거야.

"감사합니다."

-옆에 김윤찬이 있으니까, 맘 놓고 실력 발휘해 봐.

"네, 교수님."

-떨리나?

"아뇨…… 네, 조금요."

확실히 긴장된 모습의 홍순진이었다.

-당연히 떨려야지. 이 상황에 안 떨리면 그게 인간이냐, 괴물이지. 너무 걱정 마라. 김윤찬이 생각보다 칼 좀 쓸 줄 아는 놈이야.

"네, 그래서 저도 많이 의지하고 있습니다."

-의지는 무슨? 윤찬이 놈 따윈 그저 어시야. 메인 집도는 너야. 이번 기회에 우리 흉부외과 에이스의 진가를 보이라고!

"네, 교수님."

-이 말도 안 되는 짓을 허락한 것도 네가 있어서야. 언감생신, 네가 없었으면 허락도 안 했어.

고함 교수는 확실히 사람을 어떻게 다뤄야 하는지 잘 알고 있는 사람이었다.

걱정보다는 용기가, 의심보다는 믿음이 절대적으로 필요한 시점.

지금 이 순간, 고함 교수는 홍순진 선생에게 필요한 것이 뭔지 정확히 알고 있었다.

확실히 나를 대하는 태도와는 확연히 달랐다.

−그래, 이만 끊는다. 누가 훔쳐 들을라. 홍순진, 파이팅!

"네, 교수님! 최선을 다하겠습니다."

그렇게 홍순진과 고함 교수의 통화가 끝났고, 우린 본격적인 적출 작업에 들어갔다.

"기사님, 속도 조금만 줄입시다."

장대한이 불안한 듯 기사에게 말했다.

"네, 알겠습니다."

비록 무진동 차량이라고 하지만, 그렇다고 100% 진동이 없는 건 아니었다. 장대한은 그 점을 걱정하는 듯 보였다.

"아뇨, 속도 줄일 필요 없습니다. 비록 심장이식 골든 타임이 4시간이지만, 빠르면 빠를수록 좋은 것 아닙니까?"

"그거야 그렇지만, 고속도로 사정이 어떻게 될지 모르잖아?"

"곧 아시게 됩니다. 그냥, 속도 유지해 주세요."

"당최 무슨 소린……."

에에에엥!

"뭐, 뭐야, 저 사람들은?"

그 순간, 몇 대의 '싸이카'들이 나타나 우리 차를 호위하기 시작했다.

"뭐긴, 경찰이잖아."

"그러니까, 저 사람들이 어떻게 온 거냐고?"

이택진이 어리둥절한 표정을 지었다.

"보면 몰라? 우리 차 호위해 주는 거잖아."

"그러니까! 그걸 말하는 거잖아, 저 사람들이 어떻게 알고?"

여전히 상황 파악이 되지 않는 이택진이었다.

"나도 모르지. 아무튼 잘된 거 아냐?"

"그렇긴한데, 이건 뭐. 혹시 너냐?"

이택진이 뱁새눈을 뜨며 날 흘겨봤다.

"인마, 내가 무슨 능력이 있다고 이 시간에 경찰들을 호출해? 그냥, 하늘이 도왔나 보네."

"말도 안 돼! 혹시, 김만섭 교수님이 연락을 한 걸까?"

"뭐, 그럴지도 모르지."

그럴 리가 있겠는가?

내 양모이신 김 할머니의 도움을 받았을 뿐이었다.

신세는 이럴 때 지는 거니까.

"그렇겠지? 아무튼, 김만섭 교수님도 대단하시네. 난 상상도 못 했는데."

"그러게 말이야. 아무튼 이렇게 되면 한결 수월해진 것 같은데? 안 그래요, 선배님?"

"그래, 훨씬 마음이 놓인다야."

홍순진의 얼굴이 밝아진 것을 보니 조금은 부담감을 내려놓은 듯했다.

분당 최대 5리터를 뿜어내는 심장, 하루 동안 10만 번 수축과 팽창을 반복하는 심장은 단 1초도 멈춰서는 안 될 장기다.

그 심장을 적출하는 수술이다.

굉장히 중요하긴 하지만 그렇다고 다른 수술에 비해 어려운 것도 아니었다.

홍순진 선생 정도의 실력이라면, 그리 어렵지 않은 과정이었다.

그렇게 시작된 심장 적출.

공여자의 몸에 베타딘을 바르고, 양쪽 젖꼭지를 중심으로 직사각형 형태의 수술포를 덮었다.

지이이잉.

그리고 스터넘 소우(전기톱)를 이용해 흉골을 정중앙으로 가른 다음, 리트렉터(견인기)를 걸어 공여자의 가슴을 벌렸다.

"메스!"

이제는 심장을 싸고 있는 심막을 제거해야 하는 순간이었다.

그렇게 장대한 선생이 메스를 들고 심막을 벗겨 내자 새빨간 심장이 모습을 드러냈다.

뇌는 죽어 있음에도 불구하고 심장은 힘차게 펄떡거리고 있었다.

심장을 보면 그 사람이 어떻게 살아왔는지 유추해 볼 수 있다.

술이나 담배, 육류 섭취가 많은 사람은 심장에 누렇게 지방질이 끼어 있기도 하고, 관상동맥에도 지방이 덕지덕지 붙어 있기도 했다.

또, 어떤 도너의 심장은 심부전으로 비대해져서 이식을 할 수 없는 경우도 있었다.

하지만 이 공여자의 심장은 더할 나위 없이 건강했다.

선홍색의 심장에 표면은 매끄러웠으며 팔딱거리는 심장박동도 역동적이었다.

아이러니하게도 뇌사자는 너무나도 건강한 심장을 가지고 있었다.

"홍순진 선생님, 준비 다 되었습니다."

"……."

심장을 적출할 모든 준비가 다 되었을 즈음, 홍순진이 대답을 하지 않았다.

"순진아, 정신 차려! 준비 다 되었다고!"

옆에 있던 장대한이 목소리 톤을 높였다.

"어? 어, 알았어. 윤찬 쌤, 심정지 약 주사해 줘."

"네, 선배님."

난 공여자의 몸을 감고 있는 링거 줄에 심정지 약을 투여했다.

"들어갔습니다."

"후우, 지금부터 공여자 심장 적출하겠습니다."

연신 흘러내리는 땀방울, 본격적인 적출에 들어가기도 전에 홍순진 선생의 두건이 땀에 흠뻑 젖어 있었다.

"선생님, 괜찮으세요?"

노련한 이지은 간호사가 거즈를 들고 홍순진의 이마에 흐르는 땀을 닦아 주었다.

"고마워요."

"메스!"

"네, 선생님."

홍순진 선생이 공여자의 가슴에 메스를 대자 검붉은 피가 피부 사이로 배어 나왔다. 상황이 상황인지라 메스를 잡고 있는 홍순진의 손끝은 미세하게 떨리기 시작했다.

"긴장할 것 없어! 카데바, 카데바라고 생각하자."

홍순진이 중얼거리며 자기최면을 걸기 시작했다.

"……선생님, 메스 잘못 쥐셨습니다."

"어? 내, 내가?"

메스 핸들을 검지와 중지로 잡고 엄지를 블레이드(날) 등에 올려놔야 하는데, 블레이드가 하늘을 향하도록 집은 것.

젠장, 저런 실수를 할 사람이 아닌데…….

극도로 긴장을 했는지, 홍순진이 메스를 잘못 쥐었다.

"홍순진! 너 미쳤어? 정신 안 차릴래!"

보다 못해 장대한 선생이 버럭거렸다.

"미, 미안해. 내가 왜 이러지?"

덜덜 떨리는 홍순진의 손끝. 혈관을 잘라 내기도 전에 그녀의 수술복이 땀에 흠뻑 젖어 있었다.

"기자님, 카메라 잠시 꺼 주세요!"

기자가 신기한 듯 수술 과정을 카메라에 담고 있었다.

"이런 역사적인 순간은 영원히 보관……."

"지금 장난하시는 겁니까? 제가 말씀드렸죠, 지금은 환자의 생명이 걸려 있는 순간입니다! 당신의 특종을 위해서 우리가 여기 있는 게 아니라고요!"

카메라 때문에 신경이 날카로워져 있는 홍순진이었다.

"아, 네. 죄송합니다."

난 그 모습을 계속 찍고 있는 기자의 카메라를 손으로 막아 버렸다.

"홍순진 선생님, 고인에게는 죄송한 말씀이지만, 카데바라고 생각하세요. 혈관 몇 개만 절제하면 돼요. 심장 상태가 양호해서 별문제 없을 겁니다!"

"그, 그래, 그렇긴 한데."

출발하기 전까지만 해도 나름 자신감에 차 있던 그녀. 하지만 막상 메스를 잡으려 하니 망설여지는 듯했다.

"학부 때 해부학 땡시에서 유일하게 만점 받으신 전설적인 존재시잖아요! 저, 진짜 깜짝 놀랐어요. 해부학 땡시 만점이라니!"

난 너스레를 떨며 어떻게든 홍순진의 긴장을 풀어 주려 했다.

"……아, 아무리 그래도 어떻게 카데바와 같아?"

후우후우, 홍순진이 거친 숨을 몰아쉬기 시작했다.

"별반 다를 거 없습니다. 차분하게 하시면 돼요."

"아, 알았어. 해 볼게."

조금은 불안했지만, 현재로선 그녀를 믿고 따를 수밖에 없는 상황이었다.

그렇게 다시 적출은 시작되었고, 홍순진 선생 역시 조금씩 안정을 되찾아 가는 듯 보였다.

"택진 쌤, 가슴 좀 더 벌려서 시야 좀 확보해 줘."

"네, 선생님."

김택진이 리트렉트 레버를 돌려 좀 더 개흉된 가슴을 넓혔다.

"시야가 흐려! 석션!"

이마에서 흘러내린 땀 때문이었다.

"네, 석션."

이택진이 석션을 들고 흘러넘치는 혈액을 빨아들였고, 이지은 간호사는 거즈를 들고 홍순진의 이마를 닦기에 여념이 없었다.

그렇게 불안했지만, 그럭저럭 적출이 진행되어 가고 있었다.

"켈리 주세요."

켈리는 혈관을 집는 데 사용되는 도구다.

"네, 여기요."

"스트레이트 말고, 커브요!"

긴장한 탓에 신경이 날카로워졌는지 홍순진의 목소리가 갈라져 나왔다.

"네, 죄송합니다, 선생님."

이지은 간호사가 홍순진의 손에 휘어진 켈리를 올려놓았다.

그렇게 어렵사리 심장과 연결된 혈관을 차례차례 절제하려는 순간.

홍순진 선생이 '악' 하는 외마디 비명을 질렀다.

"무슨 일이야!"

"나, 모, 못 하겠어. 아니, 할 수 없어!"

새파랗게 질린 표정, 홍순진이 왼손으로 덜덜 떨리는 오른손을 붙잡았다.

"못 하겠다니? 이제 와서 무슨 소리야?"

당황한 장대한이 목소리 톤을 높였다.

"선생님! 왜 그러세요?"

"……모, 모르겠어. 못 할 것 같아. 혀, 혈관을 잘못 건드린 것 같아."

홍순진 선생의 얼굴의 백지장처럼 하얗게 변해 버렸다.

덜덜 떨리는 홍순진 선생의 오른손. 이대로는 더 이상 심장 적출을 진행하기 어려웠다.

젠장! 이대로는 안 될 것 같아.

"장대한 선생님, 선생님이 하셔야 할 것 같습니다."

"아냐! 난 못 해. 순진이는 그래도 해 본 적이 있지만, 난 아직 못 해!"

장대한이 펄쩍 뛰며 질색했다.

"……그러면 제가 해도 되겠습니까?"

"네, 네가?"

"네, 아무래도 홍순진 선생님이 계속하긴 힘들 것 같습니다."

"해 본 적 있어?"

수십 번도 넘습니다, 선배님!

"할 수 있습니다."

해 본 적 있냐는 장대한의 질문에 대한 나의 답이었다.

"……진짜, 할 수 있겠어?"

"지금 방법이 없잖습니까? 이 심장이 도착하기만을 학수고대하고 있는 환자와 가족을 생각해 보십시오. 만약에 우리가 이 심장을 제대로 공수하지 못한다면……."

"선배님, 윤찬이라면 할 수 있을 겁니다. 해부학 시험 만점 받은 괴물, 여기 하나 더 있으니까요. 비록 연희의대는 아니지만."

이택진이 나를 보며 고개를 끄덕였다.

"좋아! 한번 해 보자. 죽기 아니면 까무러치기지."

"네, 반드시 성공하겠습니다!"

생명이 촌각을 다투는 상황, 최선을 다하겠다는 말은 아무런 의미가 없었다. 반드시, 반드시 이 건강한 심장을 안전하게 떼어 내 다시 뛰게 만들어야 했다.

지금 이 순간, 내가 할 일은 이것뿐이었다.

허억어억.

가쁜 숨을 몰아쉬는 홍순진.

"택진아, 홍 선생님 오버브레싱(과호흡)이 심한 것 같아. 호흡 조절 좀 시켜 줘."

"아, 알았어."

이택진이 종이봉투를 꺼내 홍순진의 입에 대 주었다.

지금부터 시작하자.

"메스 주세요!"

"네, 선생님."

이제는 내 차례, 이지은 간호사가 메스를 내게 건네주었다.

"켈리요, 커브드로."

"네, 선생님."

켈리로 짚고 메스로 혈관을 절제한다.

간단하다.

절대 어려운 건 아니지만, 그렇다고 쉬운 것도 아니다.

빠삭한 이론과 실전 경험을 가지고 있는 홍순진도 능숙하게 하지 못했던 것처럼 말이다.

하지만, 메스를 쥐고 있는 내 손은 한없이 냉정했다.

전생에서도 흔들림 없는 손이라고 해서 '로봇팔'이라고 불리긴 했지만, 지금 이 순간 내 팔은 내 것이 아닌 느낌이었다.

무진동이란 말은 조금 과장된 표현이다. 일반 차량에 비해 현저하게 진동이 없는 건 사실이지만, 그렇다고 아예 진동이 없는 건 아니었다.

하지만 내 팔은 미세한 떨림도 없었다.

마치 로봇의 팔을 끼운 것처럼.

"레프트 안테리어 디센딩 아테리(좌 전하행) 먼저 내리겠습니다."

늑골 안쪽으로 길게 늘어져 내려와 있는 혈관이었다.

메스를 들고 혈관을 절제하는 내 손은 한 치의 오차도 없었다.

"굿! 너, 진짜 해 봤구나?"

그 모습을 지켜보던 장대한이 짧은 탄성을 자아냈다.

"감사합니다. 피 새어 나오지 않게 켈리로 좀 눌러 주세요."

"알았어."

"레프트 썰컴플렉스 아테리(좌 회선지) 내립니다."

"와! 네가 고함 교수님처럼 보이는 건 나만의 착각이냐? 무슨 공상 의료 만화 아니냐?"

어시를 보던 장대한이 감탄사를 터트렸다.

잡고 누르고.

짚고 절제하고.

나는 심장 외부와 연결된 혈관들을 하나하나 절제하기 시작했다.

그렇게 지나간 시간은 20여 분.

홍순진이 손도 대지 못했던 심장 적출을 난, 단 20분 만에 해낼 수 있었다.

"택진아, 심장!"

난 조심스럽게 들어낸 심장을 택진이에게 넘겨주었다.

"정말 수고 많았어, 윤찬아!"

택진이가 얼음이 가득 담긴 아이스박스에 조심스럽게 심장을 넣었다.

"기사님, 이제 좀 속도를 내 주셔야 할 것 같은데요?"

이제부터는 시간 싸움이었다.

죽상휴게소를 지나 이제 막 서울에 진입했고 방금 심장을 적출했으니 골든 타임은 충분했지만, 그래도 일분일초라도 빨리 이식수술을 받는 것이 중요했다.

동면 상태에 들어간 심장. 말 그대로 잠자고 있는 거지 살아 있다고 할 수도 없고, 그렇다고 죽어 있다고 할 수도 없었다.

하지만 시간이 흐르면 흐를수록 단 한 개의 심장 세포라도 죽을 수 있기에, 최대한 빨리 적출된 심장이 뛸 수 있도록 해야만 했다.

"휴, 이제 다 끝난 건가?"

그제서야, 장대한도 안도의 한숨을 내쉬었다.

"아뇨, 다른 장기들도 적출해야죠."

"아니, 그걸 네가 왜 걱정해?"

이택진의 입속에서 물음표가 튀어나왔다.

"그러면 누가 해?"

"야, 그건 본원 가서 해야지. 도착하면 바로 적출하려고 다른 병원에서 적출팀들이 나와 있다는 것 같던데?"

"이미 가슴을 열었잖아? 일분일초라도 지체하면 좋을 게 없어."

"그렇긴 하지만……. 할 수 있겠냐?"

"나 몰라? 애초에 하지 못할 것 같았으면 말을 꺼내지도 않았어."

"……젠장, 하여간 너란 놈은 알다가도 모르겠다! 너 혹시, 오프 때마다 공동묘지 가서 연습하냐?"

"미친놈. 쓸데없는 소리 말고 준비나 해 줘."

"아, 알았다."

이택진이 고개를 절레절레 흔들었다.

그렇게 시작된 장기 적출.

간, 콩팥 그리고 폐까지 난 티끌만큼의 상처도 없이 완벽하게 장기를 적출해 각각의 아이스박스에 옮겨 담았다.

"미, 미친놈! 내가 지금 뭘 보고 있는 거냐?"

옆에 있던 이택진이 벌린 입을 다물지 못했다.

"대, 대박! 이건 도저히 못 참겠다!"

찰칵찰칵.

그렇게 찍지 말라는 말에도 불구하고 동승한 기자가 갖고 있던 예비 카메라로 연신 셔터를 눌러 댔다.

"찍지 마시라니……."

띠리리링.

그 순간 장대한 선생의 전화벨 소리가 울렸다.

─지금 어디야!

"네, 이제 막 서울 입성합니다."

─심장은?

"아이스박스에 넣어 뒀습니다."

─그걸 묻는 게 아니잖아? 심장 안 다치게 잘했냐고!

"네, 김윤찬 선생이……."

"……."

장대한이 날 쳐다보자 고개를 내저었다.

─김윤찬이 뭐? 사고 쳤어??

"아, 아닙니다! 심장 적출은 안전하게 잘했고요. 윤찬이가 어시를 잘 섰다고요."

―그래? 아무튼 심장 안전하다는 거지?

"네, 안전합니다."

―지금부터 얼마나 걸려?

"30분 이내에 도착할 것 같습니다."

―오케이! 이제 내 몫만 남았군. 심장 붙일 준비를 해 둬야겠어.

"네, 그러셔도 될 것 같습니다!"

―그나저나 나머지 장기 적출하려고 한성병원이랑 도현병원에서 나와 있으니까, 뇌사자 몸, 소중하게 잘 관리해.

"……그 사람들 기다릴 필요 없을 텐데요."

―뭐라고? 그게 무슨 소리야?

"아, 아닙니다. 좀 있으면 아실 거예요."

장대한이 나를 힐끗 보더니 말을 거둬들였다.

―싱거운 놈! 아무튼 좀 있다 보자.

"네, 교수님!"

잠시 후, 난 연희병원 정문에 도착했다.

"수고하셨습니다. 덕분에 빨리 도착했습니다."

난 병원 정문 앞까지 에스코트해 준 경찰들에게 고마움을 표시했다.

"당연히 해야 할 일인데요, 뭐."

띠리리링.

그렇게 우리 차를 호위해 줬던 경찰들이 돌아가자, 김 할머니에게서 전화가 왔다.

"네, 저예요."

-안 늦었니?

"네, 어머님 덕분에 안전하게 잘 도착했습니다."

-잘 도착했다니 다행이다. 그럼 끊는다.

"감사해요."

-간나새끼! 일없다. 전화비 많이 나오니까 끊어라.

"네."

"윤찬 쌤!"

전화를 끊자 홍순진이 내 이름을 불렀다. 파리해진 얼굴, 그 몇 시간 동안 얼마나 마음고생이 심했는지 얼굴이 반쪽이었다.

"좀, 괜찮으세요?"

"응, 고마워. 너 아니었으면."

"그런 말 마세요. 그 상황에선 누구나 다 그래요. 저였어도 인터널 마마리 아테리(좌 속가슴 동맥)를 건드렸으면, 정신 못 차렸을 거예요."

"……."

"전부 평소에 잘 가르쳐 주신 덕이에요. 선생님 흉내만 내 봤는데, 운이 좋았어요."

"고, 고마워."

"모로 가든 서울로만 가면 된다잖아요. 다 잘됐으니까 걱정 마세요!"

"그래, 알았어."

"정말 대단했습니다! 그러고 보니 제대로 소개도 못 했네요. 대한일보 사회부 기자, 나정확입니다."

그 순간, 나정확 기자가 내게 명함을 내밀었다.

"네, 저도 정식으로 인사드리죠. 연희병원 흉부외과 레지던트, 김윤찬입니다."

"네, 오늘 제가 뭘 본 건지 모르겠군요. 사회부 기자 생활 5년 만에 이런 건 처음이었습니다."

"부탁드려요. 홍순진 선생에 관한……."

"걱정 마십시오! 제가 바보인가요? 알아서 잘 편집해서 기사 쓰겠습니다. 다만……."

"다만이요?"

"네, 나중에 저랑 단독 인터뷰를 해 주시겠다고 약속해 주시죠."

"……그거면 되는 겁니까?"

"물론입니다! 충분하죠."

"네, 알겠습니다."

"오케이! 확실히 약속했습니다?"

나정확이 새끼손가락을 들어 흔들었다.

"네, 말주변은 별로 없지만, 약속드리죠."

"좋습니다! 아무튼, 좋은 수술 결과가 나와 유종의 미를 거뒀으면 좋겠군요."

"네, 그렇게 될 겁니다."

"네! 전 이만 신문사로 돌아가 보겠습니다. 건투를 빕니다."

"네, 고생하셨습니다."

"윤찬아, 뭐 해?"

이택진이 목소리 톤을 높였다.

"어, 가."

"빨리 올라가자. 지금 고함 교수님이 우리 안 온다고 노발대발 난리야! 빨리!"

후우, 한숨이 절로 난다.

아무튼 우리 적출팀은 무사히 심장을 공수해 올 수 있었다.

징계위원회

극적으로 심장은 수송되었고, 고함 교수가 집도한 심장이
식 수술은 성공적이었다.

"아이고야, 심장이 이 정도면 걸어 다니기도 힘들었을 텐
데."

박윤택의 흉골을 제거하고 들어낸 그의 심장은 엉망이었
다.

단순히 관상동맥에 문제가 있었다면 우회술을, 판막에 문
제가 생겼다면 찢어진 판막을 제거하고 인조 판막을 삽입하
면 되었겠지만, 박윤택의 경우는 달랐다.

심장을 펌프에 비유하자면, 부속 몇 개를 갈아야 하는 것
이 아니라 펌프 자체를 교체해야 하는 상황이었다.

그렇게 고함 교수는 썩어 문드러져 너덜너덜한 심장을 능숙한 솜씨로 들어내고, 싱싱한(?) 공여자의 심장을 이식하기 시작했다.

드디어, 두 개의 생명이 하나로 합쳐지는 경이로운 순간이었다.

한 치의 오차도 없었고, 조금의 망설임도 없었다.

고함 교수의 손가락은 마술사의 그것처럼 경이로웠다.

손가락 마디마디가 따로 노는 듯한 환상적인 손놀림은 오케스트라를 지휘하는 지휘자의 그것이었다.

"가슴 닫습니다! 나머지는 최윤성 교수가 마무리해 주세요!"

"네, 수고하셨습니다!"

6시간에 걸친 대수술. 하지만 오래 걸린 시간만큼 그리 어렵진 않았다.

우리가 적출한 공여자의 심장은 튼튼했고, 이식을 받을 환자 역시, 심장을 제외하곤 양호한 건강 상태를 유지했기에 수술은 대성공이었다.

허풍선 과장이 직접 진두지휘하고 고함 교수가 집도했으며, 한상훈 교수 및 연희병원 흉부외과 스태프들이 참여한 수술이었으니 오죽했으랴.

드디어 공여자의 꿈이 이루어지는 순간이었다. 마음껏 달리고 싶어 했던 그 꿈이 말이다.

하지만 호사다마라고 했던가?

엉뚱한 곳에서 문제가 터지고 말았다.

♥

고함 교수 연구실.

차가운 표정의 한상훈이 고함 교수를 찾아왔다.

"교수님이 허락하신 것이 맞습니까?"

홍순진 일행에게 공여자의 심장을 적출하도록 허락한 것을 두고 하는 말이었다. 한상훈이 이번 사건의 전말을 모두 알게 된 모양이었다.

"그게 최선이었으니까."

고함 교수가 시선은 모니터에 고정한 채, 건조한 말투로 답했다.

"최선이요? 심장 적출을 그런 초짜들한테 맡기는 것이 최선입니까?"

이때만을 손꼽아 기다렸는지, 작심한 듯 죽자고 달려드는 한상훈 교수였다.

"그럼 다른 방법이 있었나? 환자는 더 이상 기다릴 시간이 없었어. 불가항력이었다고."

"만약 그 소중한 심장이 잘못되기라도 했다면 그 책임은 누가 져야 하는 겁니까? 결국, 우리가 모든 것을 책임져야 하는 상황이 올 뻔했잖습니까?"

한상훈이 송곳니를 드러내며 으르렁거렸다.

"그건 자네 말대로 만약이고, 우리 애들은 최선을 다해 심장을 공수했고, 수술은 잘되었고, 환자는 새 생명을 얻었어. 그거면 된 거 아닌가?"

한상훈의 말에 조금도 귀를 기울일 생각이 없는 고함 교수였다.

"아뇨. 병원에는 기강이라는 것이 있습니다. 특히, 심장을 다루는 흉부외과는 더욱 그렇습니다. 그런데 이렇게 절차와 위계질서를 무시한다면 어떻게 되겠습니까?"

"위계질서보다 사람이 먼저지."

"네네! 그 고매하신 뜻은 잘 알겠는데, 항상 옆에서 교수님을 보고 있노라면 제 심장이 터질 것 같습니다. 너무 위태위태해요! 공포 영화를 보고 있는 것 같습니다."

한상훈이 송곳니를 드러내며 매섭게 노려봤다.

"그럼 안 보면 되겠군?"

고함 교수가 콧방귀를 뀌었다.

"지금 그런 말장난을 하자고 찾아온 게 아닙니다."

"이봐, 한 교수, 우리 좀 솔직해지자. 환자 가망 없으니까 슬쩍 발 뺐다가 다 된 밥에 숟가락이라도 얹으려고 부랴부랴 헬기 공수해 온 것 아니야?"

"지금 그걸 말씀이라고 하십니까?"

"그래! 뭐, 발을 빼든 집어 처넣든, 헬기를 공수해 온 거그 자체로 의미가 있으니까 넘어가려고 했는데, 이건 좀 아니지 않냐? 네가 무슨 영화배우 황정빈이냐?"

고함 교수가 한상훈에게 경멸 섞인 눈빛을 보냈다.

"……하여간 빈정거리시는 건 여전하군요. 제가 조마조마해서 심장이 터질 것 같단 말입니다!"

"심장이 별로 좋지 않은가 보군. 외래에 접수부터 하고와. 그러면 내가 봐 줄 테니까."

"……항상 이런 식이군요."

한상훈 교수가 어금니를 악다물었다.

"난 내 방식대로 살 테니까, 한 교수는 당신 스타일대로살면 돼. 서로 신경 쓰지 않으면 되잖은가? 왜 자꾸 날 의식하는 거야?"

"헐, 의식이요? 그런 거 없습니다."

"그러면 왜 사사건건 사람 귀찮게 하는데? 그렇지 않아도밀려드는 환자 때문에 바빠 죽겠는데!"

고함 교수가 귀찮다는 듯이 자리를 박차고 일어났다.

"병원 내규에 따라 징계위원회에 회부하겠습니다."

"뭘 해?"

"징계위원회 말입니다!"

"개 새끼도 같은 식구는 안 건드린다는데."

쯧쯧쯧, 고함 교수가 눈매를 좁혔다.

"말조심하십시오!"

"당신 행동이나 조심해. 눈에 넣어도 안 아플 내 새끼들이 기특한 일을 했으면, 궁둥이 두들겨 주지는 못할망정, 뒤통수를 후려친다고?"

"이번 기회에 버릇을 고치지 않으면 다음에 또 무슨 짓을 저지를지 모릅니다."

"짓? 에라이, 모질이 같은 사람! 당신 맘대로 해. 다만, 내 새끼들 털끝이라도 건들면, 넌 내 손에 죽는다. 당장 내 방에서 나가!!"

고함 교수가 목에 핏대를 세웠다.

"원칙은 고무줄처럼 늘어났다 줄어들었다 하지 않습니다. 모든 건, 병원 내규에 따라 처리될 겁니다."

한상훈이 경고한 대로 고함 교수와 심장 적출팀은 긴급징계위원회에 회부되었다.

안건은 심장 적출 프로세스를 임의대로 위반했고 보고 체계를 지키지 않았다는 것이었다.

"허풍선 과장님, 대구 병원에서 심장을 적출하지 않고, 이동 중인 차량에서 임의대로 적출하도록 허락하셨습니까?"

징계위원회 부위원장인 산부인과 과장 조자형이 물었다.

"아니요, 사전에 보고받은 바 없습니다."

"보고받은 바가 없다면, 담당 주치의가 임의대로 적출을 지시한 겁니까?"

"네, 그렇습니다. 고함 교수의 독단적인 판단이었습니다."

허풍선 과장이 기다렸다는 듯이 모든 책임을 고함 교수에게 돌렸다.

"고함 교수!"

"네."

"지금 허풍선 과장의 말이 맞습니까?"

"그렇습니다."

"우리 연희병원은 동네 의원이 아니에요. 모든 건, 절차와 보고 체계가 있는 겁니다. 심장이 무사히 도착해서 망정이지 자칫 잘못되었다면, 그 책임은 누가 지겠습니까?"

"애초에 제가 모든 걸 짊어질 결심으로 한 행동입니다. 그게 최선이었고, 환자를 살릴 수 있는 유일한 방법이라고 생각했습니다. 그리고 우리 아이들의 실력을 믿었습니다!"

"아뇨, 저 역시 고함 교수 못지않게 우리 병원 스태프들의 실력을 믿습니다. 다만, 지금 저는 스태프들의 실력이 있느냐 없느냐가 아니라, 보고 체계를 무시한 고함 교수의 경솔함을 탓하는 겁니다!"

"그 부분은 죄송합니다. 하지만 정상적인 보고 체계를 밟기에는 시간이 없어서 자의적으로 제가 판단한 겁니다."

"……자의적이라. 그거참, 유감스러운 발언이군요. 병원도 조직입니다. 그런 식으로 즉흥적이고 자의적으로 행동하면, 병원 내규가 무슨 소용이 있습니까?"

"죄송합니다. 모든 책임은 제가 지도록 하겠습니다."

조자형의 합리적인 지적에 고함 교수는 더 이상 반론을 제기하지 않았다.

"고함 교수, 더 소명할 사항은 없습니까?"

"네, 없습니다. 다만, 저에 대한 징계는 달게 받겠으나, 우리 아이들은 전부 제가 시켜서 한 일이니 선처를 해 주십시오."

"그건, 징계위원들과 회의를 통해 결정할 겁니다!"

"……"

"고함 교수, 마지막으로 하나만 묻겠습니다. 만약 다시 이런 케이스가 발생한다면, 그때도 병원의 내규와 절차를 무시할 겁니까?"

"네, 사람을 살리는 데 방해가 되는 내규라면 차라리 없는 게 낫다고 생각합니다. 예나 지금이나 앞으로도 똑같을 겁니다. 전, 사람을 살리는 것 이상의 존재 가치는 없다고 생각하니까요."

'쯧쯧, 사람하곤!'

"아, 알겠습니다. 오늘 징계위는 여기서 마무리 짓도록 하겠습니다."

후우, 조자형이 미간을 좁히며 한숨을 내쉬었다.

잠시 후.

"넌, 왜 이렇게 **뻣뻣하냐?** 좀 숙이는 맛이 있어야 내가 실드를 치든 뭐든 할 거 아냐?"

징계위원회를 마치고 난 후, 조자형이 조용히 고함 교수를 불러냈다.

"뭘 숙입니까? 제가 잘못한 게 없는데."

"인마, 내가 널 보면 아주 위태위태해. 벼랑 끝에 서 있는 것 같아서 그래."

안타까운 듯 조자형 부위원장이 입맛을 다셨다.

"형님이 신경 쓰실 건 없습니다. 떨어져 죽든 말든 제가 알아서 하는 거니까요."

"어휴, 이놈의 성질은 눌러도 눌러도 죽질 않으니 어쩜 좋으냐? 두더지야? 때려도 때려도 다시 튀어나오게? 그러니까 네 주변에 사람이 없는 거야."

"상관없어요."

"상관없긴! 네가 자꾸 이렇게 삐져나오면 네 새끼들도 힘들어진다는 걸 왜 몰라?"

"……."

"이봐, 고 교수! 너나 이상종 그 꼴통이나 똑같아. 나설 때는 나서더라도 물러날 땐 좀 물러나는 맛이 있어야 할 것 아냐? 지금은 조금 물러나 있어야 할 때라고.”

“어휴, 진짜 속 터져 미치겠네! 왜 물러나 있어야 하는데요? 우리 새끼들이 얼마나 기특한 일을 했는데, 그 애들이 무슨 죄지은 범죄자도 아니고 왜 숨죽이고 징계위 결과를 기다려야 하는 겁니까? 상은 못 줄망정! 시팔!”

고함 교수가 더 이상 참지 못하고 욕설을 내뱉었다.

“아, 아니, 그게 아니라, 그러니까 네가 징계위에서 ‘잘못했다. 다시는 이런 일 없도록 하겠다.’ 이렇게 한마디만 하면 내가 나머진 확실하게 실드를 쳐 준다니까.”

‘제발 좀 성질 좀 죽여라.’라고 말하는 조자형의 눈빛이었다.

“확실합니까?”

“당연하지. 네놈, 그 미친 실력이 아까워서 그런다.”

“정말이죠?”

“너나 상종이나 내 피붙이나 마찬가지 아니냐? 내가 왜 쓸데없는 말을 해?”

조자형 과장이 고함 교수를 어르고 달랬다.

“약속하시는 겁니다?”

“그래, 제발 말만 좀 곱게 해라. 내가 어떻게든 위원장님은 설득해 볼게. 그러니까 쫌!”

“알았어요. 만약에 허튼소리 하시는 거면, 형이고 뭐고 없습니다? 아주 다 들이받아 버릴 거니까.”

고함 교수 목의 심줄이 툭 튀어나왔다.

"아, 알았다고! 내일 최종 징계위원회가 열리니까, 와서 잘 소명해 봐. 잘못했다고, 다신 안 그러겠다고 하는 게 그렇게 힘드냐? 제발! 너 때문에 죽겠다. 나도 좀 살자! 가뜩이나 혈압도 높은데, 혈관 터지면 네가 책임질 거냐?"

"후후후, 당연히 제가 책임져 드리죠. 그거 제 전문 아닙니까? 요즘, 인조혈관도 꽤 쓸 만해요."

"하여간, 말하는 거하곤. 아주 죽으라고 제사를 지내지 그러냐?"

"뭐, 말이 그렇다는 거죠."

"아무튼, 내일 징계위에서는 '나 죽었소.'라고 생각하고 대가리 푹 숙이고 있어라. 진심, 부탁한다."

"알았다고요. 형님, 약속 지키는 겁니다? 내 새끼들 털끝도 안 건드리기로요?"

"알았다니까."

"홍순진, 김윤찬, 잘 들어. 내일모레 징계위원회가 다시 열릴 텐데, 너희들은 아무 말도 하지 마. 내가 알아서 할 테니까."

"……네, 알겠습니다."

홍순진 선생이 죄지은 사람처럼 고개를 숙였다.

"……"

"김윤찬이, 넌 왜 말이 없어?"

"교수님의 잘못이 아니지 않습니까? 당연히 그 당시에 환자를 살리기 위해선 어쩔 수 없는 선택이었습니다."

"그래, 내가 너희들이었어도 그런 선택을 했을 거야. 만약에 누군가 방해를 했다면 받아 버렸겠지. 하지만 병원은 혼자만 잘났다고 돌아가는 곳이 아니야. 규칙을 어겼으면 그에 따른 책임도 져야지."

"그래도 이건 너무⋯⋯."

"됐어! 조자형 과장님이 정상참작을 해 주신다고 했으니까, 큰 징계는 없을 거야."

조자형 산부인과 과장.

한때는 고함 교수, 이상종 교수와 도원결의라도 한 듯 사이가 좋았던 사람.

매사에 신중하며, 두루두루 인간관계가 원만해, 삼국지 유비 같은 인물이었다.

하지만 그 흉중에 촉나라의 간신 황호가 숨어 있을 줄은 꿈에도 몰랐으리라.

회귀 전, 조자형은 한상훈과 결탁했고, 훗날 고함 교수와는 철천지원수가 되고 만다.

이미 이 시점부터 이 모든 것이 진행되고 있는지도 모를 일이었다.

"조자형 교수님이요?"

"그래, 최소한 너희들은 건들지 않겠다고 약속해 줬다."

"그럼 교수님은요?"

"인마, 쥐가 고양이 생각해 주냐? 내 일은 내가 알아서 할 테니까, 너희들은 군소리 말고 내가 하라는 대로만 해."

"네, 알겠습니다."

아뇨, 그렇게는 못 하겠습니다. 교수님, 우리 잘못한 게 없어요. 징계위원회에서 잘못을 인정해서는 안 됩니다. 잘못을 인정하는 순간, 모든 것은 끝입니다.

우린 잘못한 게 없으니, 인정할 이유도 없는 겁니다.

그리고 며칠 후, 제18차 징계위원회 본회의가 병원 4층 세미나실에서 열렸다.

"고함 교수님, 이번 사태의 모든 책임을 지겠다는 겁니까?"

징계위원장이자 부원장인 도승준이 준엄한 목소리로 물었다.

"네, 모든 책임은 제가 지도록 하겠습니다."

'하여간 잘났어. 그러니까 왜 그렇게 설치고 다니는 거야? 독불장군도 아니고.'

쯧쯧쯧, 허풍선 과장과 한상훈이 비웃듯 한쪽 입꼬리를 말아 올렸다.

"좋습니다. 그러면 당사자인 김윤찬 선생에게도 묻겠습니다. 김윤찬 선생!"

"네."

난 자리에서 일어났다.

"고함 교수의 지시를 받아 뇌사자의 소중한 장기를 임의로 적출한 것이 맞습니까?"

"네, 맞습니다. 하지만 임의로 적출한 것은 아닙니다. 당시, 대구 병원의 교수님과 고함 교수님의 합리적인 판단에 의한 행동이었다고 생각합니다."

"그러면 병원의 내규와 절차를 무시했다는 건 인정합니까?"

"무시하진 않았지만, 원칙론적으로 위반했다면 위반한 것이 맞습니다."

"애매한 발언이군요. 좋아요! 다시 묻겠습니다. 만약, 또다시 이런 케이스가 발생했을 경우엔 어떻게 할 것입니까?"

"……."

"얼른 대답하세요, 김윤찬 선생!"

"뭐 해, 빨리 대답해."

내가 아무 말이 없자 고함 교수가 눈치를 주며 입술을 잘근거렸다.

"환자를 살릴 수 있다면 그렇게 하겠습니다."

"뭐, 뭐라고요? 지금 뭐라고 한 겁니까?"

"저에게는, 아니 의사에게는 이 청진기가 원칙이고 법규입니다. 우리 병원의 환자 권리장전엔 이렇게 쓰여 있습니다. '모든 환자는 인격체로서 존중받을 권리가 있으며, 의료진의 성실한 치료를 받을 권리가 있다!'라고 말입니다."

"그래서요?"

"그 당시 상황에서 우리가 현명하게 대처하지 않았더라면, 아마 박윤택 환자는 이식수술을 받지 못했을 겁니다."

"그렇다고 해서 병원의 내규와 절차를 무시하란 소린 아닐 텐데?"

"그렇습니다. 병원의 내규와 절차가 간과되긴 했으나, 우린 환자 권리장전을 지켰습니다. 환자 권리장전은 병원 내규의 상위 개념 아닙니까? 헌법이 대한민국 성문법의 최고 지위를 가지고 있는 것처럼 말입니다."

"이보세요, 김윤찬 선생! 지금 무슨 헛소리를 지껄이는 거야?"

참다못해 부위원장인 조자형이 발끈하며 나섰다.

"환자 권리장전은 허울 좋은 껍데기일 뿐이었습니까? 아니지 않습니까!"

"아니, 이 사람이!"

"아, 조 교수, 가만있어 봐요. 다시 묻겠습니다, 김윤찬 선생!"

조자형이 얼굴을 붉히며 덤벼들자 도승준이 손을 내저었
다.

"네."

"다시 묻겠습니다. 이번 사건과 동일한 케이스가 발생했
을 시, 지금과 같이 행동하겠다는 그 발언, 진심입니까?"

"네, 그렇습니다. 전 환자를 살리는 일이라면, 그것이 최
고의 원칙이고 책임이라고 생각합니다."

"후우, 그 어떤 불이익이 생긴다 해도?"

"누가 불이익을 준다는 겁니까? 상은 못 줄망정?"

그 순간, 회의실 문이 열리고 세 사람이 안으로 들어왔다.

한 사람은 연희병원의 이사장 고상한, 또 한 사람은 원장
장태수, 그리고 마지막으로 박윤택의 아버지 박정도였다.

"이, 이사장님!"

도승준이 자리에서 벌떡 일어나자 모든 사람이 일제히 기
립했다.

"뭔 대단한 사람이라고 다들 이렇게 호들갑입니까? 앉아
요, 앉아!"

"네, 이사장님."

갑작스러운 이사장의 등장에 어리둥절한 표정의 사람들이
었다.

"이보세요, 부원장!"

이사장 고상한이 나지막한 목소리로 불렀다.

"네, 이사장님!"

"우리 그 옛날 환자 권리장전 만들 때 생각나십니까? 우리 며칠 밤을 꼬박 새웠지 않습니까?"

"네, 당연히 기억납니다."

"그래요. 문구 하나하나 얼마나 정성을 기울였습니까? 그 권리장전을 만들면서 우린 이 나라의 헌법을 떠올렸지요. 환자 권리장전은 우리 병원의 헌법과도 같은 거 아닙니까? 안 그래요?"

고상한이 부드러운 어조로 물었다.

"네에, 그렇습니다."

"그런데 왜, 이런 징계위원회가 열려야 하는 겁니까? 우리 선생님들은 그저 권리장전에 충실했을 뿐인데 말이오?"

"……죄송합니다."

도승준이 민망한 듯 고개를 숙였다.

"아뇨, 죄송하라고 말씀드린 것 아닙니다. 잘 들어 보세요. 우리나라는 참 이상한 구석이 있어요. 물에 빠진 사람 구해 놨더니, 보따리 내놓으라는 격입니다. 그래서 의사들이 위급한 상황이 닥쳐도 선뜻 나서지 못하는 겁니다. 안 그래요?"

"네, 맞습니다."

"그런데 우리 선생님들은 이를 무릅쓰고 한 거잖아요. 오로지 환자를 살리기 위한 일념으로 말이에요. 제 말이 틀렸습니까?"

"아뇨, 맞습니다."

"그래요, 전 똑똑히 기억합니다. 우리 부원장의 수련의 시절을요."

"네?"

"지난날, 환자를 잃었을 때, 병원 뒷마당 담벼락을 붙들고 흐느끼지 않았습니까? 기억 안 나요?"

"아, 네. 어떻게 이사장님이 그걸?"

"봤어요. 당신의 그 흐느끼는 어깨를 말입니다. 그때와 지금은 조금도 다르지 않아요. 그때도 부원장은 환자를 살리려 했고, 이번에도 우리 선생들은 환자를 살리려 했습니다. 사람의 목숨이 걸려 있는 상황에 그 무슨 얼어 죽을 내규랍니까? 제 말이 틀렸습니까?"

"아, 아닙니다."

"그래요. 당신들과 여기 앉아 있는 분들의 뜻은 충분히 이해합니다. 가능한 한 절차를 무시하면 안 되겠지요. 하지만, 예외라는 것도 있는 법입니다. 다들 환자를 위해서라면 불구덩이라도 뛰어들려 했던 때가 있지 않습니까? 왜 자꾸, 그때의 열정을 잊고 사시는 겁니까?"

고상한 이사장이 주변을 향해 시선을 흩뿌렸다.

흠, 흠흠.

다들 고상한 이사장의 시선을 피하려는 듯 고개를 숙였다.

"어제 이 친구가 절 찾아왔더군요."

고상한 이사장이 박정도 전 대법관을 가리켰다.

　"흔히들 불알친구라고 하지 않습니까? 이 친구와 저는 40년 지기입니다. 대학 때 만나 지금까지 우정을 이어 왔죠. 안 그런가?"

　고상한이 묻자, 박정도가 미소로 화답했다.

　"단 한 번도 부탁이란 걸 해 본 적이 없는 이 꼬장꼬장한 양반이 저한테 부탁을 하나 하더군요. 그래서 신기해서 뭐냐고 물었습니다. 그랬더니 고함 교수를 비롯해 자기 아들을 살려 준 선생님들이 곤란을 겪지 않았으면 한다고 말하더군요."

　"……."

　"그래서 내가 물었죠. '자네, 누구한테 이런 부탁 해 본 적 없지 않느냐?'고 말입니다. 그런데 이 친구가 그러더군요. 자기 아들이 아팠을 때, 훔칠 수만 있다면 어디 가서 심장을 훔치고 싶었다고 말입니다. 그 순간 알았답디다. 내가 평생 고고한 줄 알았는데, 그게 아니었다고."

　"……."

　그 말에 숙연해지는 회의실 분위기였다.

　"자기 아들을 살려 준, 고마운 분들에게 조금이나마 도움이 된다면, 그까짓 자존심이 대수냐고 합디다! 콩 한 쪽도 얻어먹기 싫어하던 저 꼰대가 말이에요!"

　하하하.

그 순간, 여기저기서 웃음소리가 튀어나왔다.

"부원장! 이렇게까지 환자 부모가 부탁을 하는데 매정하게 할 겁니까?"

"아, 아닙니다. 다시 한번 재고토록 하겠습니다."

"그래요! 게다가 우리 선생들은 이미 스타예요! 고함 교수 이하 우리 선생님들 덕분에 우리 병원이 얼마나 유명해진 줄 아십니까? 이 정도면 마케팅비 몇십억, 몇백억을 쏟아부어도 얻을 수 없는 호사입니다, 호사! 안 그래요, 장 원장?"

"맞습니다. 흠흠, 다들 지금 포털 사이트에 들어가 보십시오. 빨리!"

장태수 원장이 손을 내저으며 목소리 톤을 높였다.

탁탁탁.

노트북을 열고 포털 사이트에 접속하자 관련 기사가 무더기로 쏟아져 나왔다.

[무진동 차량을 이용한 연희병원의 기발한 심장 수송! 환자를 살리다!]
[연희병원의 젊은 의사들! 혼신의 힘으로 심장을 지켜 내다!]
[긴급한 상황! 연희병원의 흉부외과 의사들! 골든 타임을 사수하다!]

포털 검색어 순위 상위권을 연희병원 관련 키워드가 점령한 상황이었다.

네티즌들의 찬사가 쏟아졌고, 연희병원과 심장 수송팀들

을 응원하는 댓글 수천, 수만 개가 실시간으로 쌓여 가고 있었다.

"검색어 순위 1위가 연희병원, 2위가 흉부외과더군요. 게다가 무진동 차량, 심장 골든 타임 등등. 검색어 순위 10위 안에 우리 병원 관련 키워드가 일곱 개나 됩니다. 이래도 이들을 징계해야 할까요? 전, 지금이라도 당장 업고 병원 정문까지 뛰어다니고 싶은데?"

"그, 그렇군요! 이게…… 징계위원회를 열 것이 아니라, 포상위원회를 열어야 했는데 말이죠."

헤헤헤, 상황 파악이 되자 조자형 과장이 툭 불거져 나왔다.

"그래요. 자, 이토록 훌륭한 일을 한 우리 선생님들을 위해 박수라도 쳐 줍시다!"

짝, 짝짝, 짝짝짝.

회의실에 모여 있는 모든 사람이 일어나 고함 교수와 우리를 향해 기립 박수를 보냈다.

순식간에 상황이 반전돼 버렸다.

"한 교수, 지금 이게 어떻게 돼 가고 있는 거야?"

모두들 우리에게 박수를 보내는 와중에도 심기가 편치 않은 두 사람이 있었다.

"……"

짝 짝, 침통한 표정의 한상훈이 성의 없이 박수를 쳤다.

"이봐, 한 교수!"

허풍선이 한상훈의 옆구리를 쿡 찌르며 인상을 구겼다.

"박수 치세요, 눈 밖에 나고 싶지 않으면."

"뭐라고??"

"박수 치는 시늉이라도 하시라고요."

"어? 그래."

"이사장님 지켜보고 계십니다. 명색이 흉부외과 수장이시라는 분이 그런 표정으로 있으면 되겠습니까? 본전이라도 찾으시려면 고함 교수한테 가서 수고했다고 어깨라도 한 번 두드려 주시는 게 좋을 것 같군요."

"뭐, 뭐라고?"

"수고하셨습니다, 교수님!"

확실히 한상훈은 태세 전환이 빨랐다. 허풍선 과장에게 그렇게 말하고는 재빨리 고함 교수에게 달려가 인사하는 그였다.

천재 써전의 등장

"이봐, 윤 차사! 김윤찬이가 또 한 건 한 것 같은데?"

김 차사가 자랑스럽다는 듯이 가슴을 내밀었다.

"후후후, 그러게. 김 차사가 확실히 사람 보는 눈은 좀 있는 것 같군."

"두고 보라고, 김윤찬이가 얼마나 우리한테 쓸모가 있는지."

"그래, 나도 기대가 커. 그나저나, 이제 양초 하나 더 켜져야 하는 것 아냐?"

"크크, 저기 봐! 지금 켜졌잖아?"

"오, 그러네! 그럼 이제 다섯 개 남은 건가?"

"그래, 금방 전부 켜질 거야."

"음……. 처음엔 반신반의했는데, 지금 보면 가능성이 쬐끔 보이는 것 같군."

윤 차사가 검지와 엄지를 살짝 붙였다 뗐다.

"두고 보라고, 저 녀석 덕분에 출세할 테니까. 언제까지 말단직에서 뺑이 칠 건가? 우리도 수석 자리 한번 차지해야지."

"암, 당연히 승진해야지! 동기 중에 말단 차사는 우리 둘뿐이야. 이젠 어쩔 수 없어. 못 먹어도 고야!"

윤 차사가 당직실에서 쪽잠을 자고 있던 김윤찬을 가리켰다.

몇 개월 후.

그렇게 피가 마르고 뼈가 갈리는 흉부외과 3년 차를 마친 김윤찬과 동기들. 이제야 비로소 의사로서 태가 나는 레지던트 말년 차가 되었다.

그리고 또 하나의 작은 변화.

흉부외과에 새로운 식구 하나가 들어왔다.

그것도 존스홉킨스 출신이.

한상훈 교수실.

"어서 와라, 기석아."

한상훈 교수가 기다렸다는 듯이 자리에서 벌떡 일어나 그를 맞았다.

"형, 오랜만이에요!"

형이라고 부르는 것으로 봐서 둘은 단순한 동료 사이는 아닌 듯 보였다.

이기석.

말끔한 검정색 슈트에, 파리가 앉았다가는 낙상할 것 같은 구두를 신고 있는 이 남자.

2 대 8 사이즈로 말끔히 빗어 넘긴 머리는 머리카락 한 올 삐져나오지 않은 것으로 볼 때, 매사에 철두철미한 사람인 듯 보였다.

이기석의 외모는 언제나 부스스한 머리에 셔츠 깃이 꼬깃꼬깃한 여타의 외과 의사들과는 확연히 구분되었다.

그는 존스홉킨스 의과대학 부속병원, 심장 센터에서 전문의로 근무하던 이기석 교수였다.

"이게 얼마 만이야? 5년쯤 됐나, 존스홉킨스로 간 지가?"

"네, 그쯤 된 것 같군요."

"그래, 그렇게 세월이 유수와 같구먼. 기석이 네가 우리 학교에 18살에 입학했지 아마?"

"뭐, 대충 그랬던 것 같은데요?"

거만한 자세로 소파에 다리를 꼬고 앉는 이기석 교수. 마치 사무라이 칼같이 각이 잡힌 바짓단. 손이라도 댈라 치면 베일 것 같았다.

"그래, 남들은 고등학교 다닐 때 의대에 입학했는데도 단 한 번도 수석 자리를 놓치지 않았지."

"다 지난 얘기를 꺼내서 뭐 합니까?"

"아니지. 지금도 우리 병원의 전설로 남아 있는 팩트니까. 아무튼, 그런 네가 미국에 남지 않고 나를 위해 돌아와 줘서 정말 고마워."

한상훈 교수가 이기석의 손을 덥석 쥐었다.

"형을 위해서요? 아닌데요?"

"어? 그게, 아니라니."

"하하하, 농담이에요. 뭐 그런 거 가지고 얼굴까지 빨개지고 그러세요, 무안하게. 형, 안 보는 사이에 많이 순수해지셨네?"

"하, 하하, 그래."

"걱정 마십시오. 당연히 도와야죠. 이제 같은 식구가 되었으니까요."

"그, 그래, 고맙다. 그나저나, 계약 조건은 맘에 들어?"

한상훈 교수가 표정에서 무안함을 덜어 내며 물었다.

"뭐, 나쁘진 않더군요. 원장님이 직접 찾아오시기도 했고."

이기석이 거만한 자세로 고개를 살짝 기울였다.

"아…… 당연히 좋은 대우를 해 주셨겠지. 아무튼, 앞으로 잘 부탁하자, 하, 하하, 하하하!"

생각했던 것과는 달리 이기석이 뻣뻣한 태도를 보이자 한 상훈 교수가 민망한 듯 헛웃음을 지었다.

"네."

18세에 의대에 입학해 5년 전, 미국으로 건너가 최연소 교수 자격을 취득한 천재 외과의.

그가 모교로 돌아왔다는 소식은 흉부외과뿐만 아니라, 온 병원의 화젯거리였다.

"뭐, 마실 것 좀 있나? 갈증 나는데?"

이택진이 흉부외과 병동 데스크로 뛰어 들어오더니 냉장고 문을 열어젖혔다.

"와, 뭐지, 이 공허함은? 아무것도 없네? 죄다 따봉뿐인가?"

이택진이 어이없다는 듯이 혀를 내둘렀다.

"이 쌤, 이거 환자분들이 주신 거예요! 정성을 생각해서 맛나게 드세요. 여기 들어가려고 대기 중인 애들도 한참 많으니까!"

이성은 간호사가 테이블 밑에 켜켜이 쌓여 있는 오렌지 주스 박스를 들어 보였다.

한 개, 두 개씩 환자들이 건네준 오렌지 주스가 쌓이다 보니 냉장고를 가득 메우고도 남아돌았다.

"와, 난 이 노란 색깔 물만 보면 신물이 넘어와요. 왠지 개스트릭 주스(위액)를 마시는 것 같기도 하고."

"우웩! 쌤이 그러니까 저도 못 마시겠잖아욧! 위액이라니!"

이성은 간호사가 인상을 구기며 헛구역질을 했다.

"콜라나 사이다 같은 건 없어요?"

"없어요! 쌤이 좀 사다 놓든가요! 하여간 택진 쌤은 못 말린다니까. 왜 괜한 얘기를 해서 속 울렁거리게 하는 거예요?"

이성은 간호사가 이택진을 째려보며 투덜거렸다.

"인마, 콜라 같은 건 없고, 이거 진짜 콜라니까 처드세요."

"오! 고맙다, 친구야."

마시던 콜라 캔을 건네주니 녀석이 호들갑을 떨었다.

"그나저나 뭐 해, 컨퍼런스 룸에서 이기석 교수님 환영식 있잖아."

"와 나, 무슨 환영식까지."

이택진이 입을 삐죽거렸다.

"야, 이 학교, 불세출의 스타 아니냐? 원장님이 직접 찾아가서 모셔 왔다고 하더라. 형식적으로라도 이 정도는 해야 하지 않겠냐?"

"하아, 그렇긴 하지. 진짜 세상은 불공평하다, 집안 좋아, 머리는 졸라 더 좋아, 게다가 생긴 거 봐라. 그게 사람이냐,

만화 주인공이지?"

"맞아요! 이기석 교수님 너무 잘생기셨어요."

그 순간, 이성은 간호사의 목소리가 끼어들었다.

"저 봐라, 아주 연예인 납셨다."

"잘생기긴 했잖아?"

"그래, 겁나 잘생겼지. 그것도 모자라 고작 34세에 정교수라니, 이게 실화냐? 시팔, 펠로우 1년 차 박진영 선배보다 나이가 어려. 이게 말이 되냐?"

"뭐, 능력이 있으니까 그만한 대우를 받는 거 아니겠냐."

"아무리 그래도 그렇지. 위계질서라는 것이 있는 건데, 이렇게 굴러온 돌이 박힌 돌을 빼내도 되는 거냐? 어떻게 임상교수도 아니고 정교수냐고? 진짜, 그 인간은 금수저가 아니라 다이아몬드 수저야."

이택진이 온갖 침을 튀겨 가며 열변을 토했다.

"그래, 알았으니까, 그만 가자."

나는 녀석의 소매를 잡아끌었다.

흉부외과 컨퍼런스 룸.

허풍선 흉부외과 과장, 고함 교수, 한상훈 교수 등을 비롯해 모든 CS(흉부외과) 식구들이 총출동해 있었다.

"반갑습니다, 이기석입니다. 여러분들을 만나서 정말 반갑습니다."

허풍선 교수의 축하 인사말과 함께 단상에 올라선 이기석.

택진이 말대로 뿜어져 나오는 아우라가 심상치 않았다.

잠시 후.

"제가 여러분에게 질문 하나 해도 실례가 되지 않을까요?"

형식적인 인사말을 짧게 마친 이기석이 마이크를 들고 단상을 내려왔다.

"교수님, 백 개도 좋고, 천 개도 좋습니다! 맘껏 질문해 주십시오."

벌써부터 시작되는 아부성 멘트. 천기수가 손을 번쩍 들어 올렸다.

"하여간 천기수 저 새끼는 진짜 박쥐 같은 인간이야. 펠로우쯤 되면 좀 나아져야 하는 거 아니냐? 어떻게 하는 짓이 매사 밉상이야?"

쩝, 이택진이 아랫입술을 잘근거렸다.

"사회생활이 뭐 다 그런 거지."

"하여간, 혓바닥 닳겠다, 닳겠어. 저렇게 빨아 재끼다간."

"너도 동참하든가."

"미쳤냐. 나 이래 봬도 의리 빼면 남는 것 아무것도 없는 사람이다. 고함 교수님 모시기로 했으면, 죽든 살든 같이 가야지."

"후후후, 그래? 어디 두고 보자."

"하하하, 그건 너무 가셨고. 이왕 손을 드셨으니, 제가 선생님께 질문 하나 드리죠, 성함이?"

이기석이 조심스럽게 천기수 앞으로 걸어갔다.

"네, 흉부외과 펠로우 1년 차, 천기수입니다."

천기수가 자랑스럽게 자신의 명찰을 가리키며 가슴을 내밀었다.

"네, 좋습니다. 천기수 선생님! 흔히들 외과 써전의 3대 요소가 있다고 하는데, 그게 뭐죠?"

이기석이 나지막한 목소리로 물었다.

"아, 네! 외과 의사의 3대 자질은 매의 눈, 사자의 심장, 엄마의 손입니다!"

천기수가 기다렸다는 듯이 읊어 댔다. 자신이 생각해도 대견한지 만족스러운 미소를 지었다.

"에이, 거짓말. 그런 게 어디 있습니까?"

이기석이 살짝 손을 내저었다.

"네? 그게…… 맞는데? 그게 아닌가?"

천기수가 뜻밖의 상황에 고개를 갸웃거리며 미간을 좁혔다.

"맞긴 뭐가 맞습니까? 사람이 어떻게 매가 되고, 사자가 되며, 게다가 천기수 선생님은 남자니까 아빠의 손이면 모를까 어떻게 엄마의 손이 됩니까?"

"하하하, 그거 말 되네!"

"그러게요. 아빠의 손이면 모를까 엄마의 손은 뭡니까? 과자 이름도 아니고."

"엥?"

허풍선 과장의 썰렁한 아재 개그에 분위기가 썰렁해졌지만, 아무튼 이기석의 적절한 유머에 아이스 브레이킹은 어느 정도 성공적인 듯 보였다.

확실히 이기석 교수는 좌중의 분위기를 휘어잡는 능력이 탁월했다.

"농담이에요."

이기석 교수가 천기수의 등을 가볍게 두드려 주었다.

"아, 네……."

천기수가 어색한 듯 뒷머리를 긁적거렸다.

"회의실 분위기가 너무 딱딱한 것 같아서 농담 한번 해 봤습니다. 저 원래는 개그맨이 꿈이었거든요."

"하하하."

확실히 사람들의 감정을 쥐락펴락하는 능력도 탁월했다.

"맞아요! 천기수 선생님 말대로 외과 의사는 매처럼 날카로운 눈으로 환자의 작은 증세까지도 놓치지 않아야겠죠. 매보다는 현미경에 가까운 눈이면 더 좋겠죠?"

능수능란한 말솜씨. 이건 분명, 자신감에서 나오는 것이리라.

"아마도 사자의 심장이라 함은 흔들림 없는 굳건한 의지를 일컫는 말일 겁니다. 그리고 마지막으로 엄마의 손길처럼 환자를 생각하는 따뜻한 손길을 가져야겠죠."

"조동아리만 살았군."

"이봐, 고 교수, 매사 왜 그렇게 부정적이야? 조동아리만 산 게 아니라, 실력도 장난 아니라는 소문이 파다해. 저 친구 레퍼런스 못 봤나?"

"그거야 미국에 있을 때 얘기고요. 실력이야 어떨지는 모르겠지만, 확실히 조동아리는 살아 있군요."

"하여간, 성질머리하곤."

쯧쯧, 허풍선 과장이 혀를 찼다.

"그러면, 어디 여러분들이 얼마나 흉부외과 써전으로 능력을 갖췄는지, 테스트를 한번 해 볼까요? 어디 보자……."

이기석이 복도를 따라 천천히 걸어 내려오더니 내 앞에서 멈춰 섰다.

그러더니 갑자기 한 손을 펼쳐 내 눈을 가렸다.

"김윤찬 선생님 맞죠?"

가슴에 차고 있던 명찰을 본 모양이었다.

"네, 그렇습니다. 제가 김윤찬입니다."

"레지던트이신가요?"

"네."

"몇 년 차시죠?"

"4년 차입니다."

"좋아요! 김윤찬 선생님, 지금 내가 차고 있는 시곗줄 색깔이 뭐죠? 맞혀 보실래요?"

그가 갑작스러운 질문을 던졌다.

♥

무슨 개수작을 벌이려는 건가?

회귀 전과 마찬가지로 내가 한상훈 교수의 사냥개로 살았다면, 그 모습을 드러내지 않았을 존재.

이기석 교수.

내가 알고 있는 역사에서 이기석 교수는 미국으로 들어간 이후 국내로 돌아오지 않았다.

몇 번의 컨퍼런스차 한국에 들어왔을 뿐이었다.

그런 이기석 교수가 한국으로 돌아왔다.

그것도 한상훈 교수와 남다른 인연이 있는 그가 말이다.

어떻게 해야 하나?

난 지금, 이기석 교수가 이 순간 나를 시험하고 있다는 것을 직감적으로 알 수 있었다.

느낌이 별로 좋지 않다.

물론, 틀릴 수도 있지만, 이건 내 타고난 육감이다.

어쩌면 없는 집에 태어나 몸에 밴 습관이라고 하는 것이 더 정확할 것이다.

나는 이런 부류의 인간들을 너무도 잘 알고 있으니까.

이기석 교수같이 초고속 엘리베이터만 타 본 사람들이 꼬불꼬불한 달동네 언덕바지가 얼마나 고된지 알 수 있겠는가?

돈이 없어 마트 시식 코너 싸구려 음식으로 배를 채운 적도 없겠지.

없는 살림에 모처럼 삼겹살이라도 구워 먹을 때면, 한 점이라도 더 차지하게 위해 핏기만 가셔도 입속에 집어넣었던 그런 치열함을 알까?

그들은 항상 내게 이렇게 말했다.

내 몸에서 누린내가 난다고.

단 한 번도 맡아 본 적 없는 냄새를 말이다.

항상 술에 절어 다니던 김씨 아저씨가 질편하게 퍼질러 놓은 오줌 냄새가.

시식 코너 한 귀퉁이에서 구워 내는 싸구려 삼겹살 냄새가.

내 몸에서 진동한다고.

그런 그가 나를 찍은 게 틀림없다.

물론, 좋은 의미는 아닐 것이다.

찍어 내려는 건지, 아니면 자신만의 사냥개로 나를 거둬들이려는 것인지.

정확히는 알 수 없지만, 없는 자들이 가지고 있는 특유의 본능이라고 할까?

이건 분명 위험신호다.

난 직감적으로 느낄 수 있었다.

"……."

일단 한 템포 쉬면서 이기석의 의도를 파악하려 했다.

"잘 모르겠습니까?"

내가 아무 말도 없자 이기석이 부드러운 어투로 물었다.

"시계를 차고 계시지 않은 것 같습니다. 그러니 시곗줄 색깔을 알 수 없겠지요."

"후후후, 눈이 좋군요?"

이기석 교수의 목소리가 살짝 흔들리는 것을 감지할 수 있었다.

"그보다 교수님, 소매 끝에 매달린 몽블랑 스타워커 커프 링크스가 눈에 띄네요."

그리고 가볍게 잽을 날린 후, 반응을 살핀다.

야, 지금 너 뭐 하는 거야?

조금은 거만한 태도에 놀란 택진이가 이런 의도를 전하려는 듯 팔꿈치로 내 옆구리를 툭 건드렸다.

"제법이네요."

이기석 교수가 그제서야 내 눈에서 자신의 손을 뗐다.

"얼마 전에 백화점에서 얼핏 본 것 같습니다. 물론, 정신 없이 바쁜 외과 의사와는 어울리지 않는 물건이지만…… 멋지더군요."

나는 그를 향해 다 해어진 셔츠 소매를 내보였다.

물론 도발이다.

난, 이런 도발에 이기석 교수가 어떤 반응을 보일지 무척이나 궁금했다.

"재밌네. 역시 외과 의사다운 눈썰미예요. 맞습니다."

이기석 교수가 민망했는지 치켜 올라간 재킷 소매를 잡아당겨 셔츠 소매를 감췄다.

그 재킷도 수백만 원을 호가하는 명품이긴 했지만.

"혹시 실례였다면 죄송합니다."

"노노! 전 칭찬한 겁니다. 김윤찬 선생은 참 좋은 눈을 가지셨습니다. 외과 의사로서 필수죠."

"감사합니다."

"김윤찬 선생, 이따가 시간 되면 내 방으로 좀 오세요. 우리 차나 한잔합시다."

'이놈 봐라?'라는 눈치다.

그 말은 그의 관심을 끌었다는 뜻. 이제 이기석이란 사람이 어떤 인물인지 알 수 있는 기회가 생긴 듯싶었다.

이제 두고 보면 알겠지.

이 사람이 뭘 원하고 있는 건지.

"그래요. 김윤찬 선생의 말대로 정신없이 바쁜 의사에겐 어울리지 않는 불필요한 액세서리입니다. 다음부터는 옷차림에 좀 더 신경을 쓰도록 하죠."

단상으로 다시 올라선 이기석 교수. 단 1도 당황한 표정이 아니었다. 자연스럽게 커프스 버튼을 떼어 내며 셔츠를 돌돌 말아 올리는 그였다.

확실히 룸살롱이나 들락거리는 싸구려 졸부들과는 격이 다른 사람이었다. 이기석 교수란 사람은.

"좋습니다. 다들 바쁠 텐데 쓸데없는 소리는 그만하죠. 이 제 서로 안면은 텄으니, 앞으로 어디서나 마주치면 눈인사라 도 합시다. 아무리 친정이라지만 시집간 지 오래돼서 제가 좀 서툽니다. 잘 부탁합니다, 여러분."

이기석 교수가 매너 좋은 모습으로 우리에게 정중히 인사 했다.

"네, 반갑습니다, 교수님!"

짝짝짝.

모두들 일어나 환영의 박수를 보냈다.

"네! 저도 후배님들을 만나서 너무 행복하군요. 우리 잘해 봅시다!"

이렇게 이기석 교수와 나와의 인연(?)이 시작되었다.

잠시 후.

"무모한 거냐, 멍청한 거냐? 아니면 배가 간 밖으로…… 아니지 간이 배 밖으로 나온 거냐?"

컨퍼런스 룸을 나서자 이택진이 내 팔을 잡아당겼다.

"둘 다 같은 말 아냐?"

"그러니까 내 말이! 왜 개기는 거냐고? 네가 지금 한 짓이 뭔 줄 아냐?"

"뭔데?"

"뮤탈이 득실거리는데, 시즈탱크 몰고 돌진하는 꼴이라고. 못 잡아, 뮤탈. 개털리기만 하지. 어디서 그런 만용이 나오는 거냐고, 쥐뿔도 없는 게?"

용기는 가상하다만, 무모한 도발이었다는 뜻이리라.

"이기석 교수가 물어봤고, 난 내가 본 대로 대답했을 뿐이야. 내가 본 대로."

"그럴 땐 그냥 '모르겠습니다!' 하면서 얼굴 좀 붉혀 주면 되는 거라고. 꼭 그렇게 나서야 직성이 풀리냐?"

어쩌면 이택진의 말이 맞을지도 모른다.

아니, 그게 맞다.

모난 돌이 정 맞는다고 괜히 나설 필요가 없었을 테니까.

하지만 택진이가 모르는 것이 하나 있다.

뭉툭하고 평범한 돌은 절대 석공의 눈에 띄지 않는다. 그냥, 굴러다니고 발에 치일 뿐이다.

석공의 눈에 띄어야 정을 맞고 끌에 끌려 시장에 나가 팔리기라도 하는 법이다.

난 이기석이란 사람에 대해 아직 모른다.

그가 아군이 될지, 적군이 될지도 말이다.

그러니까 그 인간이 어떤 사람인지 알아야 하지 않겠나?

"그런 식으로 개기다가는 제명에 못 죽어. 제발 자중 좀 하자, 친구야. 좀 전에 이기석 교수님 눈빛 봤어?"

"글쎄? 사람 눈빛이 뭐 다 똑같지."

"그러니까, 넌 엄마 젖 좀 더 먹다 와야 해. 어떻게 사람 보는 눈이 그렇게 없냐? 아마, 사람들 많은 자리에서 혼내기 뭐하니까 자기 방으로 오라고 한 것 같은데, 가서는 제발 좀 얌전히 있어라. 럴커 삐져나오듯이 삐죽삐죽 튀어나오지 좀 말고. 제발! 너만 보면 아주 불안불안해서 심장이 쪼그라드는 것 같아."

이택진이 애원하듯 내 팔을 잡고 흔들었다.

"……."

"인마, 내 말 허투루 듣지 마. 들리는 소문에 의하면, 이기석 교수는 한상훈 교수가 고함 교수 찍어 내리려고 데리고 온 저승사자란 말이 있어. 그게 어디 고함 교수만 해당되겠냐?"

고함 교수의 사랑을 듬뿍 받고 있는 나 역시, 찍어 낼 나무라는 경고일 것이다.

"찍어 낸다고 찍힐 고함 교수님이 아니잖아."

하지만 고함 교수 역시, 그렇게 만만한 사람은 아니었다.

"물론, 그렇긴 하지. 하지만 이제부터 흉부외과에 피바람이 불 거야. 그러니까 조심하라는 거지. 이미 네가 고함 교수님 사람이라는 거 이 바닥 사람들은 다 아는데, 거기다 대고 도발을 했으니……. 현실감각 좀 있어라. 고함 교수님이 천

년만년 있을 줄 알아?"

쯧쯧쯧, 이택진이 한심하다는 듯이 혀를 찼다.

"걱정 마라. 가뜩이나 손도 모자라는 흉부외과에서 찍어낼 수련의가 어딨니? 그랬다간 드레싱도 교수들이 할 판인데, 그럴 일은 없을 거야."

"하긴, 그건 그렇지. 설마, 그 귀한 전공의 나부랭이까지야 건드리진 않겠지. 노가다로 부리려면. 그래도, 인마! 조심해. 이제부터는 전쟁이다, 전쟁!"

둘 중 하나겠군.

찍혀 나갈 것이냐.

자기 밑에 들어와 사냥개 노릇을 할 것이냐.

♥

이기석 교수 연구실.

오후 업무를 마치고 잠시 짬이 생겨 난 이기석 교수를 찾아갔다.

"앉아요."

이기석 교수가 반갑게 날 맞아 주었다.

"네, 교수님."

"바쁠 텐데 와 줘서 고마워요."

"잠시 시간이 나서 들렀습니다. 하지만 오래……."

"내가 그런 것도 모를까 봐서요? 세상 귀한 수련의를 오래 붙들고 있을 순 없죠."

"아, 네."

"그나저나 차는 뭐로?"

"아무거나 좋습니다."

"음, 그러면 이걸 좀 맛보는 게 어떨까 싶네요? 한국에 들어올 때 가지고 온 홍차인데, 제법 향이 좋아서 마실 만할 겁니다."

이기석 교수가 보기에도 고급스러운 잔에 향이 좋은 홍차를 내어 왔다.

"네, 좋습니다."

"김윤찬 선생, 이 홍차를 영국 사람들이 얼마나 마시는 줄 알아요?"

쪼르르, 이기석 교수가 찻잔에 홍차를 채우며 말했다.

"글쎄요. 잘 모르겠습니다."

"놀랍게도 말이야, 1년에 2천 잔 이상을 마신다고 하더군요. 뭐, 평균적으로 매일 여섯 잔은 마시는 셈이죠."

"아, 네."

"놀랍지 않나요? 뭐, 자기들 스스로도 홍차 중독자라고 하니까 말 다 한 거죠. 김윤찬 선생도 한번 마셔 봐요."

이기석 교수가 찻잔에 입술을 적셨다.

"네."

찻잔을 입술에 가져다 대자 고급진 홍차 향이 물씬 풍겼다.

"네, 그럴 만도 하겠네요. 향이 좋습니다."

"정말 괜찮나요?"

"네."

"다행이군요. 그나저나 영국 사람들이 그토록 사랑하는 이 홍차는 사실 야비한 도둑질의 산물이었다네요?"

"……."

"수천 년 동안 지켜 왔던 중국의 홍차 비법을 죄다 도둑질했거든요. 솔직히 날강도나 다름없었죠."

이기석 교수가 고상한 자세로 차를 홀짝거렸다.

"네, 그건 저도 책에서 본 것 같습니다."

"그런데도 그들이 떳떳하게, 아니 당당하게 홍차를 자신들의 차라고 우길 수 있는 이유가 뭘까요?"

무슨 말을 하려는 거야?

"잘 모르겠습니다."

"당시, 영국은 세계 최강이었거든요. 신의 선택을 받은 앵글로색슨족. 그것이 바로 그들의 야만적인 행위를 정당화할 수 있는 이유이자 당위성이었던 거죠. 그 누구도 부정할 수 없는 존재인 신."

"그렇군요. 하지만 지금은 대영제국의 시대는 아니죠."

"물론 그렇죠. 전 유럽을 호령했던 대영제국도 이제는 작은 섬나라에 불과하니까. 하지만 여전히 영국은 해가 지지 않는 나라예요. 그 이유가 뭔지 알아요?"

"글쎄요. 잘 모르겠습니다."

"그 중심엔 혈통이 있었어요. 앵글로색슨족만의 순수한 혈통 말이죠."

"글쎄요. 신의 선택을 받았는지는 잘 모르겠지만, 한때 노르만의 지배를 받았던 나약한 민족이기도 하죠."

"그걸 이겨 내고 빅토리아 시대라는 찬란한 역사를 만들어 내기도 했죠. 그게 영국의 힘이니까."

"아, 네. 각자 생각하는 바가 다르다고 생각합니다. 그나저나 홍차의 기원을 전해 주시려고 오라고 하신 건 아닌 것 같고, 특별히 하실 말씀이 있으신가요?"

더 이상 반박해 봐야 득 될 것이 없다는 것이 내 판단이었다.

"하하하, 내가 너무 영국 예찬론을 펼친 건가요? 듣기 거북했다면 미안해요."

"아닙니다. 괜찮습니다. 그나저나 저를 부르신 이유가?"

"아, 네. 내 정신 좀 봐. 사람을 불러 놓고 쓸데없는 얘기나 늘어놓았군요. 미안해요, 김윤찬 선생."

"아닙니다. 괜찮습니다."

"지금 김윤찬 선생이 4년 차죠?"

"네, 그렇습니다."

"한상훈 교수님이 그러시던데, 우리 과 치프로 김윤찬 선생만 한 사람이 없다고 말이죠."

　이건 또 무슨 개소린가? 한상훈이 그런 말을 했을 리가 없잖아?

　"네?"

　"음, 좀 전에 보니까 눈썰미도 있고 듣자 하니 실력도 출중하다고 하던데요? 다들 김윤찬 선생이 우리 과 치프를 맡아야 한다고 하더군요."

　"아닙니다. 그냥……."

　"겸손할 것 없어요. 칭찬받을 일을 했으면 칭찬을 받아야 하는 거고, 벌받을 일을 했으면 벌을 받아야 마땅한 거니까요."

　"네에."

　"앞으로 잘 좀 부탁합니다. 이 학교 출신이긴 하지만, 미국에 있는 동안 변해도 너무 많이 변했네요. 모든 게 낯설어요."

　"곧 적응되시겠죠."

　"네네, 하루라도 빨리 적응해야 할 텐데, 김윤찬 선생이 많이 도와주세요. 제 수술방에도 좀 들어와 주시고요."

　"네, 그거야 제가 해야 할 일이니까요."

　"그래요. 우리 자주 봅시다."

　"네, 교수님. 그러면 전 이만 나가 보도록 하겠습니다."

　"그래요. 바쁜 사람을 내가 너무 오래 붙들고 있었군요.

얼른 가 보세요."

"네."

나보고 치프를 맡으라는 건가?

왜?

한상훈 교수실.

"형, 우리 과 치프는 김윤찬으로 하죠?"

이기석이 소파에 몸을 깊숙이 파묻으며 말했다.

"그게 무슨 소리야? 그럼 윤도한이는?"

"윤도한은 그만한 그릇이 못 돼요. 그냥 순리대로 가는 게 좋겠어요."

"순리라……. 당연히 순리대로라면 윤도한 선생이지, 우리 과 전통상 곁가지가 치프를 맡은 적이……."

"요즘 같은 세상에 적자니 곁가지니 그런 게 어딨습니까? 그런 거 다 적폐예요, 적폐."

"아무리 그래도 김윤찬이는 고함 교수 수족 같은 놈인데."

"수족은 무슨. 무협 소설도 아니고 이 바닥에 그런 게 어딨습니까? 그냥 내가 가져다 쓰면 되는 거지."

이기석이 대수롭지 않다는 듯이 고개를 내저었다.

"진심이냐?"

"물론이죠. 제가 어디 흰소리하는 거 봤습니까? 보니까 눈도 좋고, 그 눈에 서린 눈빛은 더 좋고! 구미가 당기던데요?"

"눈빛이 좋긴! 내가 보기엔 음흉하기만 하던데. 난, 그놈 속을 알 수 없어서 왠지 께름칙해."

"아무튼, 김윤찬이 치프 맡기시죠? 수련의 인사관리는 형이 도맡아 한다면서요?"

"흐음, 무슨 말을 하는지 도통 모르겠군. 김윤찬이 이놈, 보통 놈이 아니야. 괜히 긁어 부스럼 만드는 것 아냐?"

"거참, 말 많으시네요. 아무리 둘러봐도 쓸 만한 손이 없어요. 내가 좀 데려다 쓰면 안 되겠습니까?"

이기석이 허리를 곧추세우며 날카롭게 한상훈을 응시했다.

"아, 알았어. 무슨 생각인지는 모르겠지만, 네가 원한다면 그렇게 해야지."

"형, 이리 잠깐만 와 봐요."

이기석이 한상훈을 향해 손가락을 까닥거렸다.

"왜? 무슨 일인데?"

"형도 그랬잖아요."

"내가? 뭘?"

"내 앞에서 으르렁대는 사자보다 뒤에서 무는 개가 더 무서운 법입니다."

"그게 무슨 뜻이야?"

"배신한 개 새끼가 전 주인의 뒤꿈치를 더욱더 잔인하게 물어뜯는 법이죠. 새 주인한테 잘 보여야 하니까. 잘 알잖아요, 형?"

"어?"

이기석의 말에 한상훈이 당혹감을 감추지 못했다.

그리고 일주일 후.

난, 흉부외과 치프가 되었다.

고함 교수는 물론, 한상훈 교수와 이기석 교수의 절대적 (?)인 지지를 받은 결과였다.

"축하해!"

이택진이 제일 먼저 달려와 축하 인사를 건넸다.

"이게 축하받을 일인지는 모르겠다. 윤도한 선생이 될 줄 알았는데."

"당연히 축하받을 일이죠! 전, 윤찬 쌤이 될 줄 알았어요."

한은정이 환하게 웃었다.

"고마워요. 열심히 해 보겠습니다."

"아무튼! 넌, 진짜 타고난 놈이야. 흉부외과 역사상 타 학교 출신 치프는 네가 첨이란다."

"그러게. 그것 때문에 부담스러워."

"부담 가질 것 없어. 할 만하니까 시킨 거겠지. 그나저나, 이기석 교수가 널 적극적으로 추천했다더라? 너, 무슨 짓을 한 거야?"

"아무것도?"

"흐음, 아닌데? 뭔가 냄새가 나도 많이 나는데 말이야?"

"냄새는 무슨? 할 만하니까 하는 거지."

그 순간, 장대한과 홍순진이 모습을 드러냈다.

"그쵸! 당연히 그렇긴 한데……. 아무래도 수상한 냄새가."

"냄새는 무슨! 네 머리에서 나는 냄새야. 머리 감은 지 얼마나 된 거냐? 아주 생선 비린내가 쩐다, 쩔어!"

장대한이 킁킁거리더니 코를 틀어막았다.

"일주일밖에 안 지났는데요?"

"헐, 일주일? 그러면 지난번에 고등어구이 먹고 그때부터?"

"네, 일상다반사 아닌가요?"

"어휴, 네 머리카락에 금테라도 둘렀냐? 이건 중세 시대도 아니고. 좀 씻어라, 씻어!"

"어휴, 그럴 시간에 전 잠이라도 10분 더 잘래요."

"맘대로 해라, 드러운 놈아. 너 같은 놈은 보다 보다 첨 본다."

"네네, 내 머리카락은 소중하니까요."

"한여름에 크리스마스냐? 건들지 마! 함박눈 떨어지니까."

이택진이 머리를 매만지자 장대한이 질겁했다.

잠시 후.

"윤찬아, 나 좀 보자."

"네."

장대한이 나를 조용한 곳으로 불러냈다.

"무슨 일이라도?"

"흐음, 일단 치프 된 거부터 축하해야겠지?"

"감사합니다."

"지금부터 지옥문이 활짝 열렸다. 죽었다 생각하고 1년만 버텨."

장대한이 자판기에서 커피를 꺼내 내밀었다.

"버티라는 말씀이 왠지 마음에 걸리는데요?"

축하한다는 말 뒤에 곧바로 나온 버티라는 말. 왠지 개운치 않았다.

"솔직히 치프가 벼슬은 아니잖냐, 교수들 따까리 하라고 있는 허울 좋은 감투지."

스읍, 장대한이 커피를 한 모금 빨아올렸다.

"알고 있습니다."

"난, 솔직히 네가 뽑히지 않길 바랐다."

"왜요?"

"왜긴, 너도 알다시피 우리 흉부외과가 좀 폐쇄적이니? 가뜩이나 이런저런 사고도 많았던 너를 치프에 앉혀 놓은 이유가 뭐겠어?"

"글쎄요. 잘 모르겠습니다."

"치프가 되는 순간, 일반 수련의하곤 달라. 이제 넌, 흉부외과의 모든 책임을 짊어져야 해. 흔히들 국가 대표 축구팀 감독 자리를 독이 든 성배라고 하잖아. 너도 마찬가지야. 이제 모든 걸 책임져야 하는 자리에 앉은 거라고."

"각오하고 있습니다."

"이기석 교수, 조심해라. 한상훈 교수가 심혈을 기울여 데리고 온 사람이야. 미국에서도 잘 먹고 잘 살 수 있는데, 왜 여기까지 기어들어 왔겠냐? 아무튼, 느낌이 좋지 않으니까 조심해."

"네, 알겠습니다."

"너, 그거 알아 둬라. 허풍선 과장이 어떤 사람이냐? 고함 교수와는 상극 중에 상극이잖냐."

"네, 알고 있습니다."

"그런데 허풍선 과장이 왜 널 그 자리에 앉혔겠어? 빌어먹을 전통이지만 수십 년간 내려온 전통을 깼을 때는 그만한 이유가 있는 거야. 내 말 무슨 뜻인지 알지?"

"……."

"아무튼, 조심, 또 조심해라. 네 주변엔 적이 너무 많아.

그래서 고함 교수님이 네가 치프 되는 걸 죽도록 반대했던 거야."

"고함 교수님이요?"

소문엔 고함 교수님도 적극 찬성하셨다던데, 뒷이야기가 있는 모양이다.

"그래, 자신 때문에 네가 무슨 해라도 입을까 봐 그러신 거겠지."

"그런 걱정은 안 하셔도 됩니다. 전부 제가 좋아서 한 일이니까요."

"알아, 그걸 누가 몰라? 그래도 교수님 마음은 그게 아닌 거야. 자신이 워낙 출세와는 먼 길을 사시면서 불이익이란 불이익을 다 당하다 보니, 너까지 그 길로 끌어들이고 싶지 않으신 거야."

"네, 잘 알고 있습니다."

"그러니까 아무튼, 조심 또 조심해야 해. 예전처럼 주머니 속에 송곳같이 튀어나오지 말고. 알았지? 그러면서 딱 1년만 버티자. 응? 할 수 있지?"

장대한 교수가 부드럽게 내 손을 잡아 주었다.

진심으로 날 위해 해 주는 조언이리라.

"네."

"그렇게 해. 안 그러면 너만 다쳐. 알았지?"

"네에, 노력해 볼게요."

"노력해 볼게요가 아니라, 꼭!! 적당히 물 흐르듯이 사는 게 좋은 것 같더라, 지나고 보니까."

장대한 교수가 걱정이 되는지 내 손을 꼭 쥐었다.

❤

빌어먹을 전통을 깼다는 것.

장대한 선배가 1년만 버티라 했던 그 말의 의미를 깨닫기까지는 그리 오래 걸리지 않았다.

이기석 교수가 마침내 나를 테스트하기 시작했다.

"김윤찬 선생, 어서 와요."

이기석이 나를 자신의 연구실로 호출했다.

"무슨 일이십니까?"

"바쁘시죠?"

"아직까진 할 만합니다."

"그래요? 일이 부족합니까? 제가 좀 더 드릴까요? 그렇지 않아도 이스 분석할 게 몇 개 있는데 말이죠?"

이기석 교수가 책상 위에 산더미처럼 쌓인 서류 뭉치를 만지작거렸다.

"네, 주십시오. 처리하겠습니다."

"어휴! 농담을 그렇게 다큐로 받아들이시면 어떡합니까? 흉부외과 치프 자리가 초등학교 반장 자리도 아니고. 농담입니다, 농담!"

"아, 네."

"하하하, 흉부외과 살림을 도맡아 해야 하니 얼마나 힘들 겠어요. 앞으로 김윤찬 선생한테 거는 기대가 커요."

이기석이 의자를 빙그르르 돌려 앉았다.

"최선을 다하겠습니다."

"그래요. 이왕이면 최선 말고 최고의 결과를 만들어 내 줬 음 해요."

"……네, 열심히 하겠습니다."

"그래서 말인데, 내가 이곳에 와서 살펴보니까, 우리 CS 전공의들의 체력이 영 시원찮은 것 같던데요?"

이기석이 수련의들의 프로필을 넘기며 미간을 찌푸렸다.

"다들 열심히 하는 친구들입니다."

"아니 아니, 의학적 지식을 말씀드리는 게 아니에요. 체력 이요, 체력!"

"좀 더 설명을 해 주시겠습니까?"

무슨 말을 하려는지 도통 감을 잡기 어려웠다.

"아무래도 흉부외과 의사들은 잠이 부족하지 않습니까?"

"네."

당연한 말이었다.

어디 흉부외과 전공의치고 하루에 3시간 이상 잘 수 있는 사람이 있던가?

"그래도 우린 수술방에서 들어가 환자를 치료해야 하지 않습니까? 수술방에서 꾸벅꾸벅 졸 순 없잖아요?"

"네, 맞습니다."

"어휴, 지난번에 우리 전공의들이 수술방에서 조는 걸 보고 기함했습니다."

이기석이 혀를 내둘렀다.

"네에."

"이래선 안 되겠다 싶었죠! 그래서 제가 제안을 하나 하려합니다. 미국에 있을 때 종종 했던 건데, 게임이라고 해야 하나, 아니면 대회라고 해야 하나? 아무튼요."

"어떤?"

"가끔 기네스북에도 오르잖아요. 졸음 참기 대회! 왜, 지루한 영화 틀어 놓고 졸음 참는 대회요."

지금 무슨 수작을 부리겠다는 건가, 가뜩이나 수면이 부족한 애들을 데리고?

"졸음 참기 대회요?"

"그래요. 아마 기네스북 한국 기록이 60여 시간일걸요."

젠장, 60시간이면 거의 3일이란 소린데?

"그렇습니까?"

"네네, 솔직히 그 정도 참기는 불가능할 것 같고, 아무튼 우리 전공의들의 의지력을 테스트해 보고 싶군요. 김윤찬 선생까지 포함해서요!"

"저도 말씀입니까?"

"당연하죠. 흉부외과의 수장이 빠져서야 되겠습니까? 김윤찬 선생뿐만 아니라, 저도 참여하겠습니다."

"교수님도요?"

"후후후, 그래요. 미국에 있을 때, 제가 가장 오래 버텼죠, 아마? 그때 기록이 48시간 좀 넘을 겁니다."

이기석이 입가에 야릇한 미소를 띠었다.

49시간이라……. 이거 미친 거 아냐? 그것도 지루한 영화를 보면서?

내가 치프가 되자마자 이기석 교수가 간을 보기 시작했다.

며칠 후 가장 한가한 날, 이기석 교수와 약속했던 날이 찾아왔다.

"윤찬아, 이거 완전 민폐 아니냐? 백만 년 만에 찾아온 오프를 그따위 지루한 영화나 처보고 앉아 있으라고??"

이택진의 표정에 불만이 가득했다.

"하기 싫으면 안 해도 돼."

"그게 말이야? 교수와 하느님은 다이다이인 거 모르냐? 교수가 까라면 까야지."

"가뜩이나 쪽잠 신세에 걸어 다니면서도 조는 애들인데,

이럴 때 좀 쉬어야지."

"그러게 말이다. 애들 얼굴 좀 봐. 저게 사람이냐? 걸어 다니는 시체지."

"그러니까 오지 않아도 된다고."

"그러다 이기석 교수 눈 밖에라도 나면 어쩌려고?"

"환자들을 위한 일이야. 그러다가 의료사고라도 나면 어떡할 건데? 게다가, 흉부외과 환자들이 예약, 접수 다 하고 찾아와? 언제 들이닥칠지도 모르는데 한가하게 영화나 볼 순 없잖아?"

"아무리 그래도……."

"애들은 좀 쉬게 해. 나 혼자 갈 테니까."

"괜찮겠냐?"

"안 괜찮으면? 죽이기라도 하겠냐?"

"하여간, 이 새끼, 치프 되더니 파이팅 졸라 넘치네?"

"어차피, 나를 타깃으로 한 거야. 그러니까 군소리 말고 내 말대로 해."

"하아, 정말 살 떨리는데?"

"괜찮아. 내가 책임질 테니까, 오프인 애들은 쉬게 해. 너도 좀 쉬고. 이번 달에 하루도 못 쉬었잖아."

"너는 쉬었냐?"

"후후후, 치프랑 같냐?"

"하여간! 감투 하나 쓰더니 너 졸라 용맹해졌다?"

"내가 원래 용감해."

"잘났다! 그나저나 그 빌어먹을 대회는 몇 시냐?"

"오늘 밤 8시."

"어휴, 작정을 했구나, 그 인간! 아주 꼴통이네??"

"쓸데없는 소리 하지 말고 어서 들어가. 오늘 어머니 생신이시잖아."

"······알았냐?"

이택진의 목소리가 살짝 갈라져 나왔다.

"어머니 생신도 까먹는 놈도 있냐?"

"윤찬아······."

"이거 어머니 갖다드려. 못 찾아봬서 죄송하다고 말씀 좀 전해 드리고."

"뭔데?"

"뭐긴, 어머니 좋아하시는 인절미 좀 맞췄어. 심심풀이하시라고."

"이건 언제 맞췄어?"

"집 근처에 있는 떡집인데, 맛이 아주 기가 막혀."

"······울어도 돼냐?"

"싱거운 놈! 나 바쁘다. 간다."

"그, 그래, 아무튼 무사 귀환을 기원한다. 꼭! 살아 돌아와!!"

이택진이 울먹거리며 손을 흔들었다.

저녁 8시, 흉부외과 컨퍼런스 룸.

"어서 오세요, 김윤찬 선생."

컨퍼런스 룸에 들어가자 이기석 교수가 먼저 와 기다리고 있었다.

"네, 교수님."

"좀 늦었네요?"

"네, 일이 좀 있어서요."

"후후, 그래요? 수고가 많군요. 정식으로 진료 보기 전에 마지막 영화 관람이라 기대가 큽니다."

"네네, 저도 영화 본 지 오래돼서 기대가 되는군요."

"피곤해 보이네요?"

이기석 교수가 옆자리에 앉은 나를 힐끗거렸다.

"미국은 좀 낫나 보죠?"

"하하하, 시작도 전에 뒤통수 한 대 치시는 겁니까?"

"아뇨, 미국은 가 본 적이 없어서 궁금해서 여쭤봤습니다."

"그나저나 왜 이렇게 젖어 있어요? 땀입니까, 물입니까?"

"정신 좀 나라고 방금 전에 좀 씻고 왔습니다."

"그래요? 애쓰는군요."

"뭐, 그냥."

"그나저나 다른 전공의들은 어떻게 된 겁니까?"

"……저만 왔습니다."

"네?"

이기석 교수의 얼굴이 빛과 같은 속도로 일그러졌다.

"제가 분명히 전공의들 모두 참여하라고 했을 텐데요?"

"죄송합니다. 상황이 여의치 않습니다."

"그래서요?"

"고작 1년 차 두 명, 2년 차는 한 명에 3년 차 두 명, 4년 차는 저 포함 네 명입니다. 수술방에 한번 들어가려고 해도 서너 명이 한꺼번에 들어가야 하는데, 오늘만 해도 수술 건수가 세 건입니다. 거기에 응급실까지…….."

"그래서요?"

이기석 교수가 무표정한 표정으로 되물었다.

"무리한 요구셨습니다."

"그래서 제 말을 거역한 겁니까?"

"거역한 것이 아니라 환자 권리장전을 따랐을 뿐입니다. '모든 환자는 최상의 의료 서비스를 받을 권리가 있다.' 우리 병원의 권리장전 대원칙입니다."

"음…….."

"우리가 이렇게 한가하게 앉아서 영화를 감상하고 있을 때, 환자들은 사경을 헤매고 있습니다. 교수님의 의도는 충분히 이해하고 납득합니다. 교수님의 지시도 중요하지만, 권리장전 위에 있지 않음을 이해해 주십시오. 이곳은 전쟁터나 다름없습니다."

"당신, 사람 무안하게 만드는 데 특출난 능력이 있군요?"

이기석 교수가 한쪽 입꼬리를 말아 올렸다.

"무례했다면 죄송합니다."

"아니에요. 괜찮습니다. 당신 말대로 전쟁터니 상황에 따라서는 소대장의 판단에 맡길 수도 있는 거겠죠. 필요에 따라서는 사령관의 지시를 거부할 수도 있는 겁니다. 김윤찬 선생의 말이 맞습니다."

애초에 나만 있으면 되는 것 아니었던가? 굳이 전공의들을 들러리로 세울 필요 없지 않습니까?

"이해해 주셔서 감사합니다."

난 자리에서 일어나 정중히 인사했다.

"다만, 전장에서 가장 일찍 죽는 것도 소대장임을 명심해야 할 겁니다. 이런 말 있지 않습니까? 적군이 쏜 총알이 '소위, 소위' 하면서 날아온다는!"

"운명이라면 받아들이겠습니다."

"하하하, 좋아요! 그런 각오라면 뭐든 못 할 게 있겠습니까? 치프의 판단이 그렇다면 인정할 수밖에요."

이기석이 어깨를 으쓱거리며 쿨하게 받아 주었다.

"감사합니다."

"김윤찬 선생은 특별히 할 일이 없는 거죠?"

"네, 지금부터 내일까지 오프라서 괜찮습니다. 다만, 응급환자가 생길 경우에는 나가 봐야 할지도 모르겠습니다."

"오케이, 좋아요! 이왕 이렇게 된 거, 즐겁게 영화나 봅시다. 찰리 채플린의 모던 타임스부터 시작하려고 하는데, 괜찮겠습니까?"

"네, 교수님."

"자 자, 이번 영화 감상이 정식 근무 전 마지막 호사군요! 우리 즐겁게 감상합시다."

"네, 그러겠습니다."

그렇게 불이 꺼지고 영화가 시작되었다. 첫 시작은 모던 타임스, 87분짜리 흑백영화였다.

잠시 후.

모던 타임스가 끝나고 곧바로 시작된 영화는 구 소련의 영화, 전함 포템킨이었다.

그리고 그 영화가 끝나고 줄줄이 지루한 영화들이 계속 상영되었다.

어느새 흘러간 시간이 8시간, 저녁 8시에 시작된 영화는 다음 날 새벽 4시가 되어도 멈추지 않았다.

"버틸 만합니까?"

"즐기고 있습니다."

"후후, 즐겨요?"

"간만에 명화들을 감상하니 시간 가는 줄 모르겠군요."

허리를 꼿꼿이 세운 채 흐트러짐 없는 내 자세에 이기석 교수가 조금은 놀란 눈치다.

"재밌다고요? 저 영화가?"

"네, 재밌네요. 저 오데사 계단 신은 후대에 남을 명장면이잖습니까? 많은 영화에서 오마주로 사용한 걸로 알아요. 언터처블에서도 나오지 않습니까?"

오데사 계단에서 아기 유모차가 미끄러져 내려오는 장면은 영화사에 길이길이 남을 명장면이었다.

"그렇죠. 이 영화를 만든 에이젠슈제인은 고전 영화의 대부죠."

"맞습니다. 교수님 덕분에 평소에 보고 싶었던 영화를 실컷 보게 되네요. 감사합니다."

"후후, 천만에요."

이기석 교수의 입은 웃고 있지만, 그 눈빛은 불편한 기색을 숨기지 못했다.

삐, 삐삐, 삐삐삐.

그렇게 4시간이 흘러 8시가 되자 허리에 차고 있던 삐삐가 울렸다.

"교수님, 죄송하지만 오전 회진 돌 시간입니다. 어떡하죠?"

"아, 네. 다녀오세요."

"한두 시간 정도 걸릴 것 같은데, 슬쩍 반칙하셔도 눈감아 드리겠습니다."

"하하하, 고양이 쥐 생각해 주는 겁니까? 그건 내가 알아서 할 테니까 다녀오세요."

"네, 그럼 실례하겠습니다."

"네네, 일 보고 오십시오."

2시간 후, 오전 회진을 마치고 다시 돌아오니, 이기석 교수가 미동도 하지 않고 자리에 앉아 있었다.

"왔습니까?"

"네."

"아직 포기하긴 이르겠죠?"

이기석이 슬쩍 간을 보는 듯했다.

"포기는 배추 셀 때 쓰는 단어 아닙니까?"

"허허허, 아재 개그까지 하는 걸 보니, 아직은 쌩쌩한가 보군요. 좋아요. 그럼 시작합시다."

"네, 이번엔 무슨 영화가 나올지 가슴이 두근두근하는군요! 그나저나 저 없는 사이에 좀 주무셨습니까?"

"그럴 리가요. 그럼 영화 틀겠습니다."

그렇게 또다시 시작된 영화 감상.

금요일 밤 8시에 시작해 일요일 낮 12시, 이제 영화 감상을 시작한 지 벌써 40시간이 지나가고 있었다.

"김윤찬 선생, 견딜 만합니까?"

벌써 네 번째 물어보는 질문. 당신은 이미 졌어!

이기석이 졸음을 쫓으려는 듯 눈을 부릅뜨며 물었다.

"네, 오늘 처음 감상하는데, 무성영화도 나름 재미가 있네요."

"그, 그래요?"

이제 목소리까지 어눌하다.

잠시 후.

"교수님?"

이미 꾸벅꾸벅 졸고 있는 이기석 교수였다.

"교수님??"

옆에 있던 이기석 교수의 몸을 흔들어 봤지만, 미동도 하지 않았다.

"교수님!"

"어? 어어."

이기석 교수가 머리를 흔들며 어떻게든 졸음을 쫓으려 애를 썼다.

"교수님, 더 이상은 못 버티겠습니다. 제가 졌습니다. 더 이상은 못 참겠네요."

난 벌겋게 충혈된 눈을 비비적거리며 손을 내저었다.

"그, 그래? 지금 시간이 얼마나 지난 거지?"

"42시간째입니다. 이러다 죽을 것 같아요. 정신이 몽롱하군요. 이제 그만하시죠?"

"아직 한 편이 더 남은 것 같은데, 마저 봐야 하지 않나?"

끝까지 이기석 교수가 허세를 부렸다.

"어휴, 전 포기예요! 정말 대단하십니다. 제가 당해 낼 수 없군요. 두 손, 두 발 다 들었습니다!"

"……그, 그래요. 나도 예전만은 못하군요. 이제 그만합시다. 이만하면 됐어요."

이기석이 마지못해 허락하는 척했다.

"네네! 어휴, 일단 당직실에 들어가 좀 자야 할 것 같습니다. 무슨 구름 위를 걷는 것 같아서요."

"그럽시다. 고생했어요."

"아닙니다. 교수님 덕분에 좋은 경험 했어요. 좋은 영화도 많이 보고. 아무튼, 대단하십니다, 정말!"

난 이기석을 향해 엄지를 추켜세웠다.

"아닙니다. 김윤찬 선생도 엄청나군요. 40시간을 넘긴 의사는 오랜만이군요. 미국에서도 흔치 않은 일이라서."

철썩철썩, 이기석이 자신의 뺨을 두드렸다.

"네, 쉬십시오."

휴우!

그래도 이겼다며 안도의 한숨을 내쉬는 이기석 교수였다. 비틀거리며 몸을 일으켜 세워 보지만, 여전히 비몽사몽인 듯했다.

꼭 이렇게까지 해서라도 권위를 세우고 싶었던 겁니까?

난 한참 동안 비틀거리며 컨퍼런스 룸을 빠져나가는 그의 뒷모습을 지켜보았다.

♥

다음 날, 흉부외과 교수 회의.

그렇게 억지 같은 졸음 참기 대회가 대단원(?)의 막을 내렸고, 월요일 아침 정기 교수 회의가 열렸다.

"이보세요, 이기석 교수!"

본격적인 회의가 시작되기 전, 고함 교수가 굳은 표정으로 그의 이름을 불렀다.

"네, 교수님, 말씀하십시오."

"굳이 그런 대회를 열었어야 했습니까?"

"뭘 말씀이십니까?"

이기석 교수가 모르는 척 시치미를 뗐다.

"가뜩이나 피곤에 쩔어 있는 전공의 애들 붙들어 놓고 졸음 참기 대회라뇨?"

"……전공의들은 아니고, 김윤찬 선생 하나뿐이었습니다."

"아, 그거? 내가 허락한 겁니다. 이기석 교수가 그러던데 미국에서는 종종 하는 대회라고 하더군요! 졸음을 참는 것도 흉부외과 의사로서는 갖춰야 할 덕목이지 않습니까?"

허풍선 과장이 이기석을 감싸고돌았다.

"미국이요? 지금 미국이라고 하셨습니까?"

"그래요. 존스홉킨스의 오래된 전통이라고 하던……."

"전통이라고요? 그러면 11시간 동안 수술방에서 뺑이 치고 온 사람을 40시간이나 잠 안 재우고 쓰잘데기없는 영화 처보게 하는 것도 전통입니까? 네? 사람 죽일 일 있어요??"

"고, 고함 교수님, 지금 뭐라고 말씀하셨습니까?"

고함 교수의 말에 이기석이 말을 더듬었다.

"뭐요?"

"아니, 좀 전에 11시간이라고 하셨던 것 같은데, 김윤찬 선생이 수술방에 있었습니까?"

"그래요. DCMP(확장성 심근병증) 환자 응급수술에 들어갔었소. 금요일 아침 8시에 응급수술 들어가서 저녁 7시 반에 끝났습니다."

"화, 확실합니까?"

"수술 기록지 확인시켜 드려요? 오프라 수술 끝나고 술 처마시지 말고 바로 들어가라고 했는데, 급한 일이 있다고 하더군요. 무슨 급한 일인가 했더니……. 나 참, 어이가 없어서."

고함 교수가 짜증 섞인 표정으로 투덜거렸다.

'11시간짜리 수술을 마치고 온 거라고?'

이기석 교수가 당혹감을 감추지 못했다.

불과 물

한상훈 교수실.

"자네가 한 방 먹은 것 같군."

"……."

"김윤찬이 보통 독종이 아니라고 했잖나. 자네가 경솔한 짓을 한 것 같아."

한상훈이 표정을 읽을 수 없는 야릇한 미소를 입가에 띠었다.

"적어도 상대할 가치가 있다는 건 증명이 된 것 같군요."

"상대할 가치라……. 하긴 나도 처음에는 쓸 만한 사냥개라고 생각했었지. 길들일 수 있다고 생각했는데, 그게 쉽지 않더군."

"형은 사냥개를 쓸 생각보다 잡아먹을 생각을 먼저 하셔서 그렇습니다."

"그게 무슨 소린가?"

"쓸 만한 사냥개라면 진심을 보여야겠지요. 그래야 충성하는 법입니다."

"진심? 무슨 진심?"

"주인이 자기를 진심으로 아끼고 사랑하고 있다고 느끼게 해 줘야 하죠. 그러면 주인한테 간, 쓸개 다 내주는 법입니다. 결국 그렇게 되면, 주인을 위해서 팔팔 끓는 가마솥도 마다하지 않게 되는 겁니다. 원래 개들은 그래요."

"음…… 자신 있어 보이는군."

"자신이 있다기보단 그게 그들의 생리니까요."

"좋아, 뭘 어떻게 하든 기석이 네 맘대로 해. 모로 가도 서울만 가면 그만이니까. 다만, 명심해야 할 건, 고함 교수는 우리 병원에 있어서는 안 된다는 거야. 반드시."

"말은 좀 거칠지만, 실력은 뛰어난 것 같던데?"

"그래서 더 위험한 인물이야. 병원도 기업인데, 주제넘게 자선사업을 하려 들잖아. 차라리 그럴 바엔 MSF(국경 없는 의사회)나 들어가 뺑이 칠 것이지! 그것도 아니면, 이상종 교수처럼 탄광촌에 처박혀 있던가! 그럴 용기도 없으면서. 가식덩어리!"

"잘하면 킬러라도 보내겠는데요?"

그 모습에 이기석이 빈정거렸다.

"미국에 쓸 만한 킬러 좀 알고 있나?"

"하하하, 많이 당하셨나 보네요?"

"당했다기보단……. 아무튼 그런 게 있다. 그 인간하고 난, 상성이 안 맞아, 근본적으로."

"네, 형 말이 맞아요. 병원은 병원다워야죠. 괜한 슈바이처 코스프레는 저도 역겹습니다."

"아무튼 조심해. 그 인간, 만만하게 볼 인물이 아니야. 불 같은 사람이라고!"

"불이라……. 불은 물로 꺼야죠."

'자, 이제 시작해 볼까. 내가 원래 빚지고는 못 사는 성격이잖아.'

이기석이 한쪽 입꼬리를 말아 올렸다.

"야, 이 등신 같은 놈들! 사진 판독 하나 제대로 하는 놈이 없네! 그러고도 니들이 의사냐?"

고함 교수가 전공의들을 앞에 세워 놓고 불호령을 치고 있었고, 전공의들은 반찬 집어 먹은 강아지처럼 꼬리를 말아 넣고 있었다.

"……."

"대답 안 해? 이 환자 폐가 왜 저렇게 시커멓게 된 거야? 어? 밖에 나가서 여자 꼬실 때만 쓰라고 그 가운 입혀 놓은 게 아니야! 의사 새끼면 의사 새끼다워야지. 니들이 뺑구두 신고 카바레나 들락거리는 제비 새끼랑 뭐가 달라!"

"자, 이거 받아요."

그 순간, 지나가던 이기석 교수가 2년 차 전공의 기회만에게 쪽지를 건네주며 속삭였다.

"이게 뭡니까?"

"면죄부? 아무튼 펴 보세요. 도움이 될 겁니다. 행운을 빌어요."

툭, 이기석 기회만의 어깨를 툭 치며 발걸음을 돌렸다.

그 순간, 나와 눈이 마주쳤고, 이기석 교수가 고개를 까닥거리며 윙크를 했다.

"너희들! 정말 이렇게 실망시킬래? 대답할 놈이 아무도 없는 거냐? 간만에 옥상에 올라가 푸닥거리 한번 해? 진짜 대답할 놈이 아무도 없는 거냐?"

붉으락푸르락 고함 교수의 얼굴이 얼룩져 있었다.

"……HCC(hepatocellular carcinoma : 간세포암) 진단 받고 경동맥화학색전술에 헤파텍토미(Hepatectomy : 간 절제술) 받은 환자입니다!"

맨 뒤에 서 있던 기회만이 더듬더듬 이기석이 전해 준 메모를 나지막이 읽어 내려갔다.

"그래서?"

그 말에 고함 교수가 사막에서 오아시스를 만난 듯 목을 늘어뜨렸다.

"폐 전이가 틀림없습니다."

"음…… 근거는?"

"오른쪽 폐 하단에 크기가 2.3센티 결절이 발견되었습니다. CT 결과지와 PET-CT(전신 암 검사)를 한 결과를 보면, 종전 결절에서 약 6센티 떨어진 폐우하엽 중심부에서도 1.9센티짜리 결절 소견이 있습니다. 과대사성으로 나타나지 않는 것으로 볼 때, 간에 생긴 암세포가 폐에 전이된 게 틀림없습니다."

"……그래? 확실해?"

"네, 확실합니다."

"정확한 진단이다. 훌륭해! 그런데 왜 지금까지 입 다물고 있었어?"

"선배님들이 계셔서 그랬습니다."

"지금이 쌍팔년도야? 연차만 채우면 다 선배야? 그런 쓸데없는 배려가 환자 죽이는 거야. 선배는 물론이고 교수도 잘못하면 받아 버리는 거야. 그래야 환자가 산다. 알았어?"

"네에."

"아침들 안 먹었어? 목소리가 왜 이 모양이야?"

"네!"

그제서야 전공의들이 목소리 톤을 높였다.

"오늘은 기회만 선생 때문에 다들 목숨 부지하는 줄 알아. 다들 공부 좀 해라, 좀!"

심기가 불편한 듯 고함 교수가 가운을 펄럭거렸다.

"네에."

"김윤찬 선생, 애들 관리가 왜 이 모양이야? 힘든 건 알겠지만, 짬을 좀 내서라도 교육 좀 시켜!"

"네, 알겠습니다."

"우리 잘 좀 하자! 자꾸 이런 식이니까 타 과 사람들이 우리 과를 내리깔아 보는 거 아냐?"

"네, 틈나는 대로 스터디하겠습니다."

"……."

끙, 고함 교수가 불편한 기색을 숨기지 않았다.

그리고 며칠 후, 이기석 교수가 점점 발톱을 드러내기 시작했다.

8층 흉부외과 컨퍼런스 룸.

하하하, 하하하하.

오후 10시, 업무를 마친 늦은 시간.

컨퍼런스 룸은 환하게 조명이 켜져 있었고, 살짝 벌어진

문틈 사이로 자지러지듯 유쾌한 웃음소리가 흘러나왔다.

이기석 교수가 전공의들을 모아 놓고 심장병에 대한 강의를 하고 있었다.

한밤중에 뭘 하자는 건가?

난 문을 열고 들어가 맨 뒷자리에 조용히 앉아 그의 연기를 지켜보았다.

그렇게 이기석 교수의 강의를 듣기 시작한 지 10여 분, 난 그가 무슨 생각을 하고 있는지 어렵지 않게 추측할 수 있었다.

"그러면 지금부터 TGA(대혈관전위증)란 질병에 대해서 설명하겠습니다. 좀 전과 마찬가지로 개론, 증세, 진단, 수술 수기의 순으로 설명을 드리죠."

"네, 교수님!"

마치 족집게 강사에게 수업을 듣는 듯 전공의들이 귀를 쫑긋 세웠다.

"TGA란 말 그대로 폐동맥과 대동맥의 위치가 서로 바뀌는……."

이기석 교수가 친절하게 사례를 들어 가며 시작한 브리핑.

이미 세 개의 심장병에 관한 브리핑을 완벽하게 마친 상황이었다.

"TGA의 대표적인 증세가 청색증인데, 그 청색증이 나오는 이유가 뭘까요?"

"잘 모르겠습니다!"

"후후후, 내가 멍청한 질문을 했군요. 모르니까 여기 오셨 겠죠? 맞습니다. 모를 땐, 모른다고 솔직하게 말하는 게 좋 아요."

하하하!

"저도 미국에 있을 때, 흔히 쪽팔려서 몰라도 아는 척했는 데, 그거 괜한 자존심이더라고요. 모른다는 걸 인정하는 순 간부터 여러분들은 더 이상 모르는 게 아닙니다. 힘내고 하 나하나 배워 갑시다!"

"네!"

이기석 교수가 마치 유치원 아이들을 다루듯 어르고 달래 며 수업을 이어 나갔다.

"네, 교수님."

"자 자, 그러면 말씀드리죠. 여러분들도 알다시피, 원래 좌심실은 대동맥과, 우심실은 폐동맥과 연결되어 있는 것이 정상이겠죠?"

"네, 맞습니다."

"근데, 이게 완전히 바뀐 겁니다. 그러니 어떻게 되겠습니 까? 영치기 영차! 혈액들이 열심히 일해 폐에서 산소를 잔뜩 싣고 좌심실까지 오게 되죠. 난 지금부터 전신에 신선한 산 소를 공급하리라는 장대한 꿈을 가지고 말이에요."

하하하,

여유로운 자세와 유머러스한 감각, 거기에 노련하고 쉬운 설명까지.

이미 전공의들은 이기석의 최면에 깊이 빠져들고 말았다.

"난감하잖아요. 대동맥이 아니라 폐동맥이니. 어라, 여기가 아니네? 그 순간, 혈액들의 그 장대한 꿈은 좌심실에서 산산이 무너지고 말죠. 좌심실에 붙어 있어야 할 대동맥이 온데간데없이 사라졌으니까요. 그러면 어떻게 되겠습니까?"

이기석이 질문을 던지며 전공의들의 참여를 유도했다.

"혈액이 다시 폐로 들어가……."

1년 차 윤정애가 손을 번쩍 들어 올리고 말했다.

"빙고!! 다시, 돌고♬, 돌고♪, 또 돌고. 그렇게 무한정 폐와 심장을 뺑뺑 도는 거죠."

"와, 설명이 그냥 머릿속에 쏙쏙 들어와!"

"그러게! 고함 교수님은 윽박지르기만 했잖아?"

"당연하지. 오금이 저려서 알던 것도 까먹어."

"확실히 미국 물은 좀 다른가 봐?"

편이 갈리고 말았다. 그것도 원사이드하게 말이다.

"교수님, 그다음은 어떻게 되는 겁니까?"

할머니가 해 주시는 옛날이야기를 듣듯 전공의들이 재촉하기 시작했다.

"어디까지 했더라?"

이기석이 고개를 갸웃했다.

"돌고, 돌고까지요!"

"네네, 그렇죠. 그러니까 반대로 말하면 온몸을 돌면서 산소를 전부 투척한 혈액이 다시 신선한 산소를 가져오지 못하고 빈 몸으로, 돌고 또 도는 거죠."

아하!

"즉, 다람쥐 쳇바퀴 돌듯 말이에요. 결국, 산소는 점점 고갈되고, 온몸 구석구석이 퍼렇게 멍든 것처럼 보이는 청색증이 나타나는 겁니다. 이제 좀 이해가 되셨나요?"

"네네!"

"자! 다음 수업에서는 좀 더 진도를 나가 보도록 하겠습니다. 팔로사징이란 병을 해부해 보겠습니다. 다들 또 오실 거죠? 해부한다고 메스 들고 오시면 안 됩니다?"

마무리로 깔끔하게 아재 개그까지 섞는 이기석이었다.

"네, 교수님!"

그 화려한 입담에 넘어가지 않는 전공의들이 없었다.

"김윤찬 선생도 다음 수업에는 참여하시죠?"

수업이 끝나자 이기석이 단상에서 내려와 물었다.

"물론입니다. 시간이 허락하는 한 저도 배우겠습니다. 좋은 수업이었어요. 전공의들한테 큰 도움이 될 것 같아요."

"그렇게 생각해 주신다니 고맙군요. 전공의, 교수가 따로 있는 게 아니잖습니까? 수레도 같이 끌면 수월한 법이죠."

"네, 맞습니다."

"그나저나, 지난번에 영화 볼 때, 11간짜리 수술 하고 왔다는 말을 왜 안 했습니까? 그랬음 대회를 미뤘을 텐데."

"제가요?"

"그래요. 교수 회의 시간에 저만 머쓱해졌잖습니까, 민망하게."

"아……. 그게, 제가 수십 번도 더 말씀드렸던 것 같은데, 정말 못 들으셨나요?"

"네??"

순간 이기석 교수의 목이 붉게 물들더니 서서히 그 기운이 얼굴 쪽으로 몰려왔다.

"제가 영화 보는 내내 말씀드렸거든요. 교수님도 알았다고 고개를 끄덕이셨고요. 그래서 전 알고 계신 줄."

"그랬군요."

흠흠, 이기석 교수가 민망한 듯 헛기침을 했다.

"그럼 다음 수업 기대하겠습니다."

"그래요. 시간 되면 꼭 참석하세요."

"물론이죠. 좀 전에 들어 보니 귀에 쏙쏙 들어오더군요."

발상은 나쁘지 않네. 어찌 됐건 우리 과에 긍정적인 효과를 주는 것 아닌가?

참신해!

적과의 동침

"오늘은 수술방의 침묵의 암살자라고 불리는 멜리그런트 하이퍼데이마(악성고열증)에 대해서 공부를 해 보겠습니다!"

주말이 되자 전공의들이 속속 컨퍼런스 룸으로 몰려들었다. 그 옛날, 배움에 굶주린 청년들이 야학당으로 몰려들듯이 말이다.

"마취 중 갑작스러운 고열로 인해 사망하는 증세. 마취과 전문의들이 가장 두려워하는 전신마취의 천적으로, 소리 없는 암살자로 불리는 무서운 병이죠."

"맞아! 마취과 선생들은 악성고열증이란 말만 들어도 경기를 일으킨다고 하더라고."

스펀지가 물을 빨아들이듯, 이기석은 전공의들의 마음을

빨아들였다.

"최근 보고에 의하면 전신마취 시, 환자 6만 명당 1명꼴로 발생하며, 일단 발병 시 사망률이 100%에 가깝죠. 하지만……."

이후에도 짬짬이 시간을 낸 이기석 교수의 족집게 특강은 계속되었고, 그의 현란한 말솜씨와 친절한 태도에 전공의들이 조금씩 움직이기 시작했다.

원래 머리 하나 믿고 의대에 들어온 녀석들이라 습득 속도는 놀랄 만큼 빨랐고, 이기석 교수의 명쾌한 강의는 그들의 피와 살이 되었다.

조금씩 자신감이 생긴 전공의들은 고함 교수 앞에서도 몸을 움츠리지 않았고, 두렵기만 했던 그의 질문도 이제 마냥 피하고 싶지만은 않았다.

고함 교수와 눈조차 마주치지 않으려 했던 그들의 눈빛이 달라지기 시작한 것이다.

물론, 내 친구 이택진도 예외는 아니었다.

고함 교수 연구실.

"야, 너 4년 차 맞지?"

고함 교수가 이택진을 향해 손가락을 까닥거렸다.

이리 가까이 오라는 신호이리라.

"네, 4년 차, 이택진입니다."

예전 같으면 슬금슬금 눈치를 보며 쭈뼛쭈뼛했겠지만, 지금은 아니었다.

이택진이 보무도 당당하게 고함 교수 앞으로 걸어갔다.

'녀석, 공부 좀 했다 이거냐?'

이택진의 눈빛에 자신감이 차 있다 못해 흘러넘쳤다.

녀석이 가슴을 쭉 편 채 자신감을 내보였다.

"김상태 환자, 병명이 뭐야?"

고함 교수가 차트를 열어 내용을 살피며 물었다.

"색전증입니다."

"좀 더 정확히 말 못 해?"

고함 교수의 짙은 눈썹이 꿈틀거렸다.

"펄모너리 앰볼리즘(폐 색전증)입니다."

"그래, 그렇게 말해야지. 폐 색전증의 원인은 뭐지?"

"네, 딥 베뉴어스 쓰롬보시스(심부정맥 혈전) 때문입니다."

툭 치니까 탁 하고 답이 나왔다.

평소 같으면 고개를 떨구고 눈조차 마주치지 못했을 이택진.

하지만 지금은 달랐다.

득달같이 그의 입에서 심부정맥 혈전이라는 전문용어가 튀어나왔으니 말이다.

심부정맥 혈전, 즉 폐 색전증의 가장 중요한 인자였으니, 틀리지 않았을 것이다.

"그, 그래? 그럼 증세는?"

이택진의 뜻밖의 대답에 조금은 놀란 듯, 고함 교수가 잠시 말을 더듬었다.

"아무런 증세가 없는 경우가 많습니다."

어디서 배운 건 있는지, 이택진의 목소리에 힘이 실려 있었다.

일반적으로 폐 색전증은 증세가 악화되기 전까진 아무런 증세가 없는 경우가 많았다.

결국, 증세가 나타나기 시작하면 이미 극도로 악화된 경우가 많은 질병이었다.

따라서, 병원에 입원할 즈음 되면 이미 상당 부분 병변이 진행된 상황이었다.

이택진의 말은 맞았다.

"아무런 증세가 없는 경우가 많아?"

고함 교수의 미간이 조금씩 일그러지기 시작했다.

"네, 그렇습니다. 환자는 이코노미 클래스 증후군을 앓고 있었던 것 같습니다."

"이코노미 클래스 증후군?"

"네, 교수님, 맞습니다."

"그래? 조금 더 자세하게 설명해 봐."

고함 교수가 반신반의하는 얼굴로 이택진을 응시했다.

"알겠습니다! 이코노미 클래스 증후군은 별다른 외부적 자극 없이 비행기를 탄 승객이 급사하는 일이 발생하는 데서 유래된 말로, 장시간 같은 자세로 앉아 있는 사람들이 급사하는 경우를 일컫는 말입니다! 일반적으로 폐 색전증의 원인이기도 합니다."

마치 녹음기를 틀어 놓은 듯, 이택진이 이코노미 클래스 증후군의 증세를 읊어 댔다.

하여간, 암기력 하나만큼은 타의 추종을 불허하는 인간이었다. 이택진이란 놈은.

"누가 교과서 외워서 읊으라고 하던! 누가 물어보면 그렇게 대답하라고 찍어 주던, 아주 토씨 하나 안 틀리네?"

"그게, 펄모네리 트롬보 엠볼리즘(폐 색전증)의 원인은 딥 베뉴어스 쓰롬보시스(심부정맥 혈전)가 맞고, 그 원인은 이코노미 클래스 증후군이 맞는……."

더 이상 나가지 못하고 같은 말만 반복하는 이택진이었다.

여기까지가 이택진의 한계였다.

물론, 이기석 교수의 한계이기도 했다.

천하의 이기석 교수라 할지라도 임상 노하우까지 전수할 순 없었을 테니까.

물론, 이 짓(?)도 고함 교수를 견제하기 위해 시작한 눈 가리고 아웅이었으니, 굳이 임상 노하우까지 전수할 필요는 없었을 것이다.

여기까지일 뿐이었다.

빡!

악!

둔탁한 소리와 날카로운 외마디 비명이 동시에 터져 나왔
다.

고함 교수의 구두 끝이 정확히 이택진의 정강이를 조준했
던 것.

"앵무새야? 지금 학부 시험 봐? 왜, 커닝 페이퍼라도 작성
해 왔냐? 손바닥 펴 봐!"

"아닙니다, 교수님! 그런 거."

이택진이 당당하게 양손을 펼쳐 보였다.

"누가 이런 거 외우고 다니래?"

"죄송합니다."

"죄송한 게 아니고, 누가 너보고 이런 쓸데없는 거 달달달
외우라고 했냐고?"

"……요즘 주말마다 이기석 교수님이 특강을 해 주십니
다."

"뭐, 특강?"

"네, 이기석 교수님이 전공의들을 데리고 강의를……."

"아주 지랄을 하는구나. 강의는 무슨 개뿔! 전공의들이 무
슨 이론이 필요해? 그럴 시간에 수술방에라도 한 번 더 들어

가는 게 낫지."

쯧쯧, 고함 교수가 한심하다는 듯이 혀를 찼다.

"죄송합니다."

"하여간, 한심한 놈……. 김윤찬이!"

고함 교수가 오만상을 찌푸리며 내 이름을 불렀다.

"네."

"김상태 환자가 왜 이코노미 클래스 증후군이야? 대답해. 만약에 너도 답 못 하면 다들 뒈지는 줄 알아!"

"김상태 환자는 처음엔 다리 통증 때문에 병원에 입원했고, 갑자기 호흡곤란 증세를 호소했습니다."

"그래서?"

"확인해 보니, 3년째 사법시험 준비를 하고 있었더군요. 집안의 압박이 심했던 것 같습니다. 평균적으로 밥 먹고 자는 시간 외는 책상에 앉아 있었던 것 같습니다."

"흠, 결국 부동자세로 오래 앉아 있다 보니 혈액이 순환되지 않아 혈관에 혈전이 생긴 거다, 이 말인가?"

확실히 조금은 고함 교수의 목소리가 차분해졌다.

"네, 맞습니다. 장시간 앉은 자세를 유지하다 보니 근육의 움직임이 둔화되었고, 근육 속 깊은 베인(정맥)에 조금씩 트롬버스(혈전)가 쌓였던 것 같습니다. 싸이(허벅지)와 카프(종아리) 부위 근육을 관통하는 베인(정맥) 다발이 있지 않습니까?"

"그래서, 조금 더 설명해 봐."

"따라서 김상태 환자는 허벅지, 종아리 쪽에 블러드 써큐 레이션(혈액순환)이 원활하지 않아 고통이 있었을 테고 단순히 마이알지아(근육통)로 판단해 병의 심각성을 모를 수밖에 없었을 겁니다. 그러다 조금씩 쌓인 트롬버스(혈전)이 베인(정맥 혈관)을 막자 내원한 것으로 보입니다."

"흠흠, 그래. 이 정도는 대답해 줘야 나도 교수질 할 만할 것 아냐? 이택진이! 어디서 학부 때 하던 짓을 해? 앞으로 똑바로 해! 지켜볼 테니까."

"네에, 알겠습니다."

잠시 후.

"하여간 졸라 웃기지 않냐?"

고함 교수가 나가자 이택진 불평을 터뜨리기 시작했다.

"뭐가?"

"모르면 교수가 가르쳐 줘야지, 이렇게 윽박지르기만 하면 되냐고? 그런 걸 내가 어떻게 알아?"

이택진이 볼멘소리를 늘어놓았다.

"너 곧 있으면 전공의 딱지 뗀다. 이 정도는 파악하고 있어야지."

"그래, 너 잘났다, 인마! 무슨 관심법이 있는 것도 아니고 마이알지아(근육통) 환자가 앰볼리즘(색전증)인 걸 어떻게 아냐고? 파스 몇 장 붙여 주고 진통제 놔 주면 되는 줄 알았지."

"음, 그러니까 이론보다는 임상 경험이 중요한 거라고 말씀하시잖아. 우린 발로 뛰는 수밖에 없어."

"몰라! 아무튼, 난 우리 이기석 교수가 훨~씬 더 좋더라. 이건 뭐, 주눅 들어서 말이라도 제대로 하겠나?"

우리? 이기석 교수?

어느새, 이기석 교수가 전공의들의 마음을 사고 있었다.

그리고 며칠 후, 이기석 교수의 진가가 발휘되는 순간이 찾아왔다.

응급실.

"서, 선생님! 우리 남편 좀 살려 주세요!!"

한밤중, 40대 후반으로 보이는 한 남자와 그의 아내가 황급히 응급실을 찾아왔다.

"무슨 일이십니까?"

응급실의 콜을 받아 내려온 이택진이 물었다.

"남편이 가슴이 아프다고 합니다! 숨도 못 쉬겠고요."

"잠시만요. 여기 베드에 누워 보세요."

"네네."

"환자분, 어디가 불편하십니까?"

"가, 가슴이 뿌개지는 것 같아요. 수, 숨도 못 쉬겠습니다,

허억허억."

환자가 어눌한 말투로 거친 숨을 몰아쉬었다.

"언제부터 이런 증세……."

"선생님, 우리 동네 병원에서 오는 길이에요!! 당장 큰 병원으로 가 보라고 했거든요!!"

이택진이 청진기를 들어 가슴에 대려 하자 환자의 아내가 이택진의 팔을 잡았다.

이미 진단은 끝났으니, 수술을 하든 빨리 조치를 취해 달라는 뜻이었으리라.

"네, 일단 가슴 체크하고 혈관 조영제 넣고 CT 찍어 보도록 하겠습니다."

"찍었다니까요!! 그 조영제인가 뭔가 그거 넣고 찍었어요."

"그래도 다시 한번 해 봐야 합니다."

"아무래도 심상치 않으니까 큰 병원 가 보라고 해서 왔는데, 또 찍는다고요? 그 선생님이 한시가 급하다고 했단 말이에욧."

여자가 얼굴을 붉히며 목소리 톤을 높였다.

"아니, 그래도 우리가 CT를 찍어 봐야 정확히……."

"그게 무슨 소리예요! 잘못하면 우리 남편 죽는다고 했단 말이에요!"

여자가 울먹거리며 애원했다.

"어휴, 보호자분, 그렇게 막무가내로 덤비시면 어떡해요? 병원엔 다 절차가 있는 법입니다."

"지금 막무가내라고 하셨어요? 병원이 사람 잡네요. 말했잖아요! 위급하니까 빨리 조치를 취해야 한다고요. 안 그랬으면 여기 오지도 않았어요. 여기 있잖아요! CT! 이거 보면 되는 거 아닌가요?"

"아니, 그래도."

"환자 CT 걸어 봐요."

그 순간, 이기석 교수가 모습을 드러냈다.

"네?"

"보호자분이 가지고 온 CT지 걸어 보라고요."

"아, 네."

이택진이 주섬주섬 CT를 꺼내 컴퓨터에 삽입했다.

"교, 교수님이십니까?"

여자가 물었다.

생각보다 젊은 이기석 교수의 외모 때문이었으리라.

"네, 흉부외과 교수, 이기석이라고 합니다."

"네네! 우리 남편 좀 살려 주세요."

교수임이 확인되자 여자가 죽자 살자 매달렸다.

"네, 제가 최선을 다할 테니, 진정하시고 저쪽에서 좀 기다려 주십시오. 보호자분이 이러시면 치료만 늦어질 뿐입니다."

"우리 남편 위험한 건가요?"

"지금 바로 확인해 보겠습니다."

"……네, 교수님! 부탁합니다! 부탁합니다!"

이기석 교수가 차분하게 설득했다.

"……이택진 선생, 지금 당장 수술방 잡고, 체외 순환기사 수배해 와요. 응급수술 들어가야 할 것 같으니까."

이기석 교수가 CT 결과를 보자마자 5초도 지나지 않아 내린 결정이었다.

'젠장! 바늘도 통과하지 못하겠어!'

모니터를 살펴보던 이기석 교수의 미간이 잔뜩 일그러졌다.

CT 사진 판독은 참혹했다.

조영제가 들어가지 않을 정도로 관상동맥이 심하게 막혀 있었던 것.

한두 군데 막힌 것이 아니라, 무려 여섯 군데나 꽉 막혀 있었다.

심장은 관상동맥이라고 불리는 세 가닥의 혈관을 통해 산소와 영양분을 공급받아 움직이고 박동한다.

그렇게 심장에 산소와 영양분을 공급하는 관에 문제가 생긴 것.

보통 혈전에 의해 관상동맥이 70%만 막혀 있어도 위험한

데, 육안으로 봐도 거의 꽉 막혀 있는 상태였다.

그런 상황에 또다시 이런저런 검사를 한답시고 시간을 지체했다가는 환자가 죽을 수도 있는 상황이었다.

"일단, 타 병원 자료부터 확인했어야죠!!"

"죄송합니다."

"그렇게 무작정 검사만 하겠다고 나서면 어떡합니까!! 병원이 양아치입니까?"

이기석 교수가 얼굴이 붉어지도록 목소리 톤을 높였다.

"이거 보세요. 레프트 안테리어 디센딩 브랜치(좌전 하행지)가 꽉 막혔잖아요! 바늘인들 들어가겠습니까?"

이기석 교수가 관상동맥이 벌떡거리는 화면을 손끝으로 가리켰다.

좌전 하행지는 심장의 양분의 50%를 공급하는 혈관이다.

"죄송합니다."

"우 관상동맥도 한 가닥이 이미 나갔잖아요. 안 보입니까?"

"죄, 죄송합니다."

당황한 이택진이 어쩔 줄 몰라 죄송합니다만 반복했다.

"지금 이택진 선생이 사람 죽일 뻔했다는 것만 명심하세요. 환자 당장 수술방으로 옮기세요. 캐비지(관상동맥 우회술)할 겁니다. 빨리!"

이기석 교수의 두 눈에서 레이저가 쏟아져 나왔다.

"네에, 알겠습니다."

"빨리, 김윤찬 선생 호출하고 환자 옮기세요."

"네네, 알겠습니다."

"윤찬아, 환자 2번 수술방으로 빨리 옮겨야 해!"

다른 수술을 마치고 나온 난, 이택진의 호출을 받아 응급실로 내려왔다.

"알았어."

어라, 손가락이 왜?

그 순간, 환자의 손가락 끝이 눈에 들어왔다.

"택진아, 잠깐만! 나 잠깐만 보호자 좀 만나고 올게."

"인마, 지금 그게 무슨 소리야? 응급수술 환자라니깐?"

"바로 따라 들어갈 테니까, 먼저 들어가."

손가락 끝!

반드시 환자 보호자를 만나야 할 이유가 생겼다.

"야! 야, 인마!"

"잠깐만! 잠깐이면 돼!"

"무슨 사고를 또 치려고⋯⋯."

드르륵.

이택진은 어쩔 수 없이 전공의 2년 차 양석천과 함께 스트레처 카를 몰고 수술방으로 이동했다.

잠시 후, 수술방.

급하게 수술을 준비하느라 정신이 없는 수술방. 체외순환 기사가 심폐기를 점검하고 있었고, 환자는 긴급 마취를 하려는 찰나였다.

"교수님, 잠시만요!"

난 급히 수술방 문을 열고 안으로 들어갔다.

"김윤찬 선생? 무슨 일입니까?"

"이 환자, 캐비지(관상동맥 우회술) 안 됩니다."

"무슨 소리야?"

"환자 폐 질환이 의심됩니다. 바이패스 돌리다간 심장보다 폐가 먼저 나가떨어질 수도 있습니다!"

"폐라고?"

"그렇습니다. 이디오패틱 펄머너리 피브리오스(폐 섬유화증)이 의심됩니다."

"그걸 어떻게 안 거야?"

"이걸 보십시오. 태백병원에서 보내온 환자 폐 CT 결과입니다."

"폐 CT 결과? 난 못 봤는데? 심장이 아니고?"

"네, 그렇습니다. 의심스러운 부분이 있어서 좀 더 찾아봤더니 이 폐 CT 자료가 있더군요."

"김윤찬 선생이 태백병원에 직접 연락해 본 건가?"

"네, 그렇습니다."

"그 의심스러웠던 부분은 뭐야?"

"지금 길게 설명할 시간은 없습니다. 일단 사진부터 확인하시죠."

난 모니터에 환자의 폐 CT 결과를 띄웠고, 화면을 살펴본 결과, 폐하엽에 간유리 음영이 보였다.

"젠장! 어쩔 수 없어. 이 정도는 큰 문제 없을 거야. 단순 폐렴일 수 있어. 지금 상황에선 수술을 하는 것이 안 하는 것보다 이득이 커. 어쩔 수 없어."

"교수님, 프로즌 바이옵시(동결 절편 검사) 해 보면 되지 않습니까? 30분이면 결과가 나올 텐데요. 만약에 특발성 폐 섬유화증이 맞다면, 펌프 돌리면 절대 안 됩니다!"

프로즌 바이옵시란 시간의 여의치 않을 경우 응급으로 실시하는 조직 검사다.

의심되는 조직을 일부 절제해 영하 24도로 급속 냉동한 뒤 차돌박이처럼 얇게 슬라이스해 현미경을 병변을 관찰하는 검사법이다.

20분 내외로 결과를 알 수 있는 검사법이었다.

특발성 폐 섬유화증일 경우, 심장을 멈추고 심폐순환기를 돌릴 경우, 폐에 심각한 부작용을 초래할 수 있었기에 반드시 검사해 볼 필요가 있었다.

"동결 절편 검사를 하자고? 펌프 연결하고?"

"아뇨, 관상동맥 우회는 오피캡(무(無)심폐기 관상동맥 우회술)을 하시면 되잖습니까?"

심장을 멈추지 않고 펄떡거리는 상태로 두고서 관상동맥 우회술을 하는 방법이다.

심장을 멈추지 않으니 그만큼 부작용은 줄어들지만, 집도의의 고도의 테크닉이 필요한 수술이었다.

"오피캡을 하자고?"

"폐도 폐지만 이 환자, 알티리오스클로러시스(동맥경화)가 너무 심해서 인공 심폐기 돌리는 것 자체가 불가능합니다."

"……그래서 오피캡을 하자는 건가?"

이기석 교수가 입술을 잘근거리며 물었다.

"그렇습니다. 제가 어시스트하겠습니다."

"오피캡 해 본 적 있나?"

해 봤지, 수십 번도 더 해 봤지.

지금이야 캐비지가 주류를 이루지만 10년만 지나도 웬만하면 캐비지는 안 해. 관상동맥 질환자들의 80%는 오피캡으로 간다고.

"직접 해 보진 않았지만, 교수님 어시스트 정도는 할 수 있을 것 같습니다."

"……좋아, 프로즌 바이옵시부터 해 보자고."

-교수님, 결과 나왔습니다.

20분 후, 병리실에서 전화 연락이 왔다.

"뭡니까?"

-네, 특발성 폐 섬유화증이 맞습니다. 염증도 심합니다.

"네, 알겠습니다."

검사 결과가 나왔고, 환자는 특발성 폐 섬유화증 중증의 환자임이 확인되었다.

"하여간! 이 정도면 막장인데? 왜 말을 안 한 거야?"

결과를 확인한 이기석 교수가 버럭거렸다.

"보호자들을 탓할 건 아닌 것 같습니다. 교수님, 결정하실 시간입니다."

"……좋아, 김윤찬 선생 말대로 오피캡으로 갑시다. 어쩔 수 없잖아?"

"네, 교수님! 준비하겠습니다."

미국 물을 먹어서 그런 건진 몰라도 확실히 이기석 교수는 합리적이었다. 일개 전공의의 말에 귀를 기울일 정도의 아량은 가지고 있는 듯했다.

이렇게 시작된 무심폐기 관상동맥 우회술, 즉 오피캡을 하게 되었다.

오피캡과 캐비지의 차이는 오로지 인공 심폐기를 사용하느냐 마느냐일 뿐, 모든 수술 과정은 대동소이했다.

오피캡은 특수 고정 장치를 이용해 문제가 생긴 관상동맥만 고정해 우회술을 실시하는 수술이었다.

"혈관 채취해 줘……."

"교수님, 이미 김윤찬 선생이 채취하고 있는데요?"

혈전으로 막힌 관상동맥 대신해 영양분과 산소를 공급할 혈관을 채취해 새 이동 통로를 만들어 줘야 한다.

보통 가슴뼈 깊숙이 위치한 냉흉동맥, 또는 아랫배 근처의 복재정맥, 다리 쪽의 요골동맥 중 하나를 선택해 대체 혈관을 사용하는 것이 보통이었다.

"혈관 채취 다 했습니다."

"어, 그래? 수고했어요, 김윤찬 선생!"

조금은 놀란 표정의 이기석 교수였다.

"이제 아나스토모시스(문합) 들어갑니다."

그렇게 다리 쪽에서 채취한 건강한 혈관을 심장에 연결하기만 하면 되는 상황.

간단해 보이지만 지금부터가 중요했다.

아무리 경험이 많은 흉부외과 써전이라 할지라도, 물고기처럼 팔딱거리는 심장에 새로운 혈관을 연결한다는 것은 결코 쉬운 작업이 아니었다.

"땀이 좀 나네요?"

"네, 교수님!"

스크럽 간호사(수술방 간호사)가 이기석 교수의 이마에 흘러내린 땀을 닦아 주었다.

어디 얼마나 잘하나 볼까?

소위 심장 분야 세계 최고라는 존스홉킨스의 실력을 확인해 볼 수 있는 기회였다.

싸늘하다!

비수가 날아와 꽂히는 느낌이다.

영화의 한 장면이 떠오른다.

이기석 교수의 실력은 대단했다.

마치, 영화 '타짜'의 고니처럼 손은 눈보다 빨랐다.

유난히 희고 긴 이기석 교수의 손가락. 문합 실을 잡고 있는 손가락은 마디마디가 따로 노는 듯했고, 한 땀 한 땀 문합하는 과정은 경이로웠다.

"문합 완료. 컷!"

"네, 컷하겠습니다."

"완료! 컷."

"네, 컷!"

그렇게 여섯 가닥, 이기석 교수가 순식간에 채취된 혈관을 심장에 연결하는 데 성공했다.

아나스토모시스는 나보다 나아!

후우, 이기석 교수가 여섯 번째 우회혈관 연결을 마친 후, 깊게 숨을 내쉬었다.

"잘 붙은 것 같네. 가슴은 김윤찬 선생이 닫아 주실 수 있겠죠?"

이기석 교수가 모니터를 살펴보며 만족스러운 미소를 띠었다.

완벽했다.

팔딱거리는 심장에, 그것도 갑자기 캐비지에서 오피캡으로 바꿨는데, 그걸 해낸다.

비록, 나와 고함 교수를 저격하러 온 저격수지만, 그 정확성만큼은 인정해야 할 것 같았다.

"네, 교수님. 수고하셨습니다."

"서, 선생님! 우리 남편은요?"

수술 중이라고 써진 안내등이 꺼지고 이기석 교수가 나오자, 기다리고 있던 환자 아내가 득달같이 그에게 달려왔다.

"음, 위험한 고비는 넘겼고 수술은 잘 끝났습니다. 이제 중환자실로 옮겨 추후 경과를 살펴봐야겠군요."

"감사합니다! 선생님, 정말 감사합니다!"

환자 아내가 허리를 굽혀 이기석 교수에게 인사했다.

그렇게 성공적으로 오피캡을 마친 환자는 흉부외과 중환자실로 옮겨졌고, 추후 경과를 지켜봐야 했다.

♥

이기석 교수 연구실.

그리고 몇 시간 후, 이기석 교수가 날 자신의 연구실로 호출했다.

"어떻게 된 겁니까?"

좀 전에 태백병원 CT 결과를 들고 온 이유가 궁금했으리라.

"뭘 말씀이십니까?"

"환자가 특발성 폐 섬유화증을 앓고 있다는 걸 어떻게 알았냐는 겁니다."

"아…… . 몇 군데 좀 이상한 게 있어서요."

"어떤?"

이기석 교수가 눈매를 좁히며 물었다.

"단순히 관상동맥 질환 증세가 아닌 것 같았어요."

"그러니까, 어떤 증세를 말하는 거냐고요."

"환자는 흉부 통증 외에 연신 마른기침을 토해 냈고, 손끝을 보니 청색증 증세가 있었습니다."

"그래서요?"

"그래서 보호자를 다그쳤더니, 태백에서 치료를 받았던 경험이 있더라고요."

"나한테 수술 경험도 없고 지병도 없다고 했는데요?"

"원래 보호자들은 그렇지 않습니까, 환자나 보호자는 언제나 거짓말 아닌 거짓말을 합니다."

"……"

조금은 놀란 표정의 이기석 교수였다.

"게다가, 폐와 심장이 별개인 줄 알죠. 의학적 지식이 없는 일반인이니 당연한 거겠지만요."

"그래서 태백병원에서 치료받았던 걸 유추해 낸 겁니까?"

"네, 그렇습니다. 보호자한테 확인해 보니까 환자는 최근까지 태백 탄광에서 근무를 했더군요."

"태백? 그럼 광부였단 말입니까?"

이젠 눈동자까지 부풀어 오른다.

"네, 10여 년을 태백 광산에서 근무하다 퇴직하고 서울로 올라온 것 같습니다."

"그랬군요."

흐음, 이기석 교수가 고개를 끄덕였다.

"네, 그래서 CT를 보니 간유리 음영이 보였고, 청색증을 고려했을 때 특발성 폐 섬유증을 의심했습니다."

"……김윤찬 선생, 오늘 시간 좀 되나?"

이기석 교수가 한쪽 입꼬리를 말아 올리며 물었다.

"아, 네. 특별한 일은 없습니다."

"후후후, 잘되었군요. 나랑 술 한잔 할래요? 목이 좀 칼칼한데?"

"네?"

"나가자고요. 병원 근처에 맥줏집 있으면 안내 좀 하죠? 난 여기 온 지 얼마 안 돼서 잘 모르니깐."

이기석 교수가 먼저 자리에서 일어났다.

"아, 네."

아군이다, 쏘지 마라

한상훈 교수 연구실.

"하하하, 자네가 온 지 얼마 되지도 않았는데, 전공의들한 테 인기가 많더군? 어떻게 한 건가?"

한상훈 교수의 얼굴에 웃음꽃이 피었다.

"인기라……. 제가요?"

"그래, 전공의들이 자네를 높이 평가하던데? 실력도 있고, 인성도 갑이라고 하더군. 무슨 마술을 부려서 애들의 마음을 산 건가?"

"별거 아닙니다. 틈틈이 시간 나는 대로 이론 교육을 좀 해 줬을 뿐입니다."

"아하, 그랬군! 맞지! 가뜩이나 우리 애들이 이론에 약하잖아? 게다가 요즘에 우리 과 오는 애들이 이리 밀리고 저리 치이다 등 떠밀려 오는 게 대다수니 그럴 수밖에."

쓰읍, 한상훈 교수가 못마땅하다는 듯이 입맛을 다셨다.

"학부 성적이 그렇게 중요합니까?"

"뭐, 중요하다기보단, 액면이 후지잖아? 게다가 요즘은 타 학교 출신 애들도 부쩍 늘어서……. 아무튼 그걸로 아이들의 마음을 사겠다, 이건가?"

"……."

이기석 교수가 말없이 떨떠름한 표정을 지었다.

"자네다운 발상이야. 자넨 다 계획이 있었구만?"

"……."

"가뜩이나 불같은 성격의 고함 교수에게 불만이 많은 애들 이었는데, 자네 덕분에 고함 교수가 난감해진 모양이야."

"원래 불은 물로 끄는 법이니까요."

"맞아, 당연히 불은 물로 꺼야지. ……그 뭐냐? 옛날에 딱 지놀이 할 때, 불보다 물이 높았지! 물 다음이 태극이었던 가? 아무튼."

한상훈 교수가 고개를 갸웃거렸다.

"그런 게 있었습니까?"

"그래, 자네처럼 고귀한 집안의 자식은 잘 모르겠지만, 그 런 게 있었어. 일종의 계급 놀이였는데, 동물, 사람, 무기, 로봇 그다음이 불, 그 불을 이기는 게 물이었어. 제일 높은

계급이 아마 태극이었을 거야."

한상훈 교수가 지난날을 떠올리며 감상에 젖었다.

"몰랐군요, 그런 게 있었는지."

"아무튼, 요즘 전공의들이 슬슬 고함 교수를 피하는 것 같아. 아주 고무적인 현상이야. 그나저나, 김윤찬이는 어쩔 셈이야?"

"뭘요?"

"큰불을 잡았으면, 잔불도 꺼야지? 잔불이 다시 번지게 할 순 없지 않은가?"

"큰불도 잡았다고 하기엔 아직 이르죠. 일에는 순서가 있는 법입니다. 큰불을 잡으면 잔불은 자연스럽게 사그라들기 마련입니다."

"그럼 김윤찬이는 그냥 두고 보겠다는 건가?"

"뭐, 꼭 그런 의미는 아니구요."

이기석 교수가 고개를 까닥거렸다.

"음…… 당연히 그래야지. 아무튼, 눈엣가시 같은 놈이야. 이번 기회에 완전히 밟아 놔야 할 것 같아. 어디 근본도 없는 곁가지 주제에."

한상훈 교수가 송곳니를 드러냈다.

"그나저나 형, 뭐 하나만 물어봅시다."

"뭐든!"

"불이라는 게, 잘 쓰면 매우 유용한 거 아닙니까? 김윤찬 선생, 제법 실력도 있던데 왜?"

"……물론이야. 나도 그저 군불로 써 볼까 생각한 적이 있었지."

한상훈 교수의 표정이 조금씩 굳어져 갔다.

"그런데요?"

"근데, 가만히 보니 군불이 아니라 초가삼간 다 태워 먹을 놈이더라고."

"그래서요?"

"애초에 화근은 그 싹을 잘라 놔야 후환이 없는 거야. 김윤찬이 저대로 놔뒀다가는 어떻게 될지 몰라. 고함 교수랑 세트로 밟아 버려야 해. 같잖은 놈이 너무 설치고 돌아다니잖아?"

"그러면 그동안은 왜 가만히 계셨습니까? 형 정도 되면 이미 밟아도 수천 번은 더 밟아 놨을 텐데요."

"기석아, 똥이 무서워서 피하냐? 더러워서 피하는 거지."

"에이, 아닌 것 같은데?"

이기석 교수가 입가에 비릿한 미소를 띠었다.

"뭐가 아니야."

"내가 보기엔 무서워서 피하는 것 같은데 말이죠?"

"뭐라고!"

한상훈이 발끈하며 나섰다.

"하하하, 농담 한마디 했다고 그렇게 얼굴까지 빨개지면 더 수상하잖아?"

"이, 인마! 네가 말도 안 되는 소릴 하니까 그러지."

흠흠, 한상훈이 애써 감정을 숨기려 애썼다.

"알았어요, 알았어! 그렇게 정색할 필요까진 없잖아요. 아무튼, 김윤찬이는 제가 좀 더 지켜볼 테니까, 형은 괜히 나서지 마세요."

"알았어. 그건 그렇고 어르신은 잘 계시지? 편찮으신데 한번 찾아뵙지도 못하고."

"미국이라도 들어가시게요? 오늘내일하는 양반인데, 무슨."

"많이 심각하시냐?"

"뭐, 그 양반, 지은 죄가 많아서 오래 살긴 글렀잖습니까?"

"아버지한테 그게 무슨 말버릇이냐."

"전 별 관심 없수다. 그 잘난 형들이 알아서 하겠죠."

"녀석하곤. 그래도 어르신이 네 걱정을 얼마나 하셨는데, 그런 식으로……."

"이건 좀 선 넘은 것 같은데?"

"그래, 알았어. 미안."

이기석이 눈을 부라리자 한상훈이 바로 꼬리를 내렸다.

"아무튼, 두 사람 문제는 내가 알아서 할 테니까, 형은 괜히 나서지 마쇼."

"알았다. 아무튼 난 너만 믿는다."

한상훈 교수의 말대로 흉부외과 내에 이상한(?) 기류가 흐르고 있었다.

　　"교수님, 안녕하십니까?"

　　"한은정 선생도 안녕하시죠?"

　　한은정의 인사에 살갑게 대하는 이기석 교수였다.

　　"네, 교수님!"

　　"미역국은 챙겨 먹고 나온 겁니까?"

　　"네?"

　　"오늘 한은정 선생 생일 아닌가요? 내가 잘못 알고 있었던 건가?"

　　"맞아요. 맞긴 한데 그걸 어떻게……."

　　"후후후, 우리 식구들 생일 정도는 알고 있어야죠."

　　"정말요?"

　　"그건 그렇고 미역국은?"

　　"어휴, 전공의가 생일상 챙길 만큼 여유가……."

　　"아이고, 그렇게 배곯고 다니다가 수술방에서 쓰러집니다. 같이 미역국 먹으러 갑시다."

　　"네? 어, 어디로요?"

　　"어디긴요, 구내식당이지."

　　"네?"

잠시 후.

"진짜네??"

구내식당으로 내려가니 정갈한 밑반찬에 구수한 냄새가 진동하는 소고기 미역국이 차려져 있었다.

"교수님, 이게 어떻게 된 겁니까?"

"쉿! 다른 과 사람들은 모르니까, 조용! 뜨끈할 때 얼른 들어요. 한국 사람은 밥심으로 일하잖아."

이기석 교수가 검지를 입에 대며 속삭였다.

"네에, 교수님. 그나저나 너무 감사하긴 한데, 이유라도 알아야……."

한은정이 당황 반, 감격 반이 섞인 표정을 지었다.

"주방 아주머니한테 부탁 좀 했어요. 앞으로 우리 애들 생일 때는 미역국 좀 맛있게 끓여 달라고요. 용돈 좀 찔러주니까 눈 질끈 감고 받으시던데요."

"교수님!!"

"국 식어요. 얼른 들어요."

이기석 교수가 한은정의 손에 숟가락을 쥐여 주었다.

게임 끝이다.

이기석 교수는 고함 교수와는 완전 접근 방식이 달랐다.

고함 교수가 가부장적 집안의 엄한 아버지 같은 스타일이라면, 이기석 교수는 한없이 인자한 우리네 어머니 같은 포지션이었다.

비록 자신들을 윽박지르고 혼낸다 할지라도 고함 교수의 속정이 얼마나 깊은지 잘 안다.

　전공의들이 어려운 일에 처하면 만사 제쳐 놓고 나서는 분이 고함 교수셨으니까.

　하지만 사람들의 마음이 얼마나 간사한가?

　그럼에도 불구하고 엄마처럼 살갑게 챙겨 주는 이기석 교수에게 마음이 쏠리는 건 인지상정 아니겠는가.

　아무튼, 이곳에 부임한 지 얼마 안 된 이기석 교수. 굴러 들어온 돌이 조금씩, 조금씩 박힌 돌을 빼내고 있었다.

　고함 교수 연구실.

　고함 교수 역시, 지금의 상황을 직감하는 듯했다. 아무리 둔한 사람이라도 말이다.

　"이봐, 김윤찬, 애들이 왜 날 보면 슬슬 피하는 건가?"

　"하하하, 모르세요?"

　"내가 뭘?"

　"교수님 무섭잖아요? 언제 쪼인트 까일지 모르는데, 저 같아도 피해 다니겠어요. 전공의들 원래 그랬어요."

　"아니야……. 내가 예전에는 안 그랬나? 그런데 요즘은 확실히 날 보는 표정이 영 꺼름칙해?"

　고함 교수가 고개를 갸웃거렸다.

　"음, 전공의들한테 좀 친절하게 대해 주시죠?"

"뭐라고? 친절?"

"네, 교수님이 너무 윽박지르기만 하시니까 애들이 좀 부담스러워하는 것 같습니다."

"너도 그래?"

"뭐, 저야 이미 면역이 됐지만, 밑에 애들은 아니잖아요."

"친절? 그런 건 개나 주라고 해. 흉부외과는 다른 과랑 달라. 정신 바짝 차리지 않으면, 환자 골로 가는 거 몰라?"

"그렇긴 하지만……."

'이기석 교수랑 너무 비교되잖아요!'란 말이 거의 입 밖으로 나올 뻔했다.

"세상에 자기 새끼 예뻐하지 않는 부모가 어디 있나? 나도 녀석들 잠 못 자고, 컵라면으로 끼니 때우는 거 보면 가슴이 미어져."

"……."

"하지만 이게 흉부외과 칼잡이의 운명인 걸 어떡하나? 항상 배우고, 익히고, 경험해야 하는 게 써전의 길이야. 특히 일분일초도 방심할 수 없는 흉부외과 써전이라면 말이야."

고함 교수, 평생의 철학이다.

지금까지 그렇게 살아왔고, 앞으로도 그렇게 살아갈 그만의 철학.

항상, 의사로서 잘하는 것, 그리고 잘해야 할 것은 의술밖에 없다고 말하는 고함 교수.

죽는 그날까지 메스를 손에 쥐고 놓지 않을 만큼, 그의 의지는 확고했다.

−의사는 오로지 실력으로 승부해야 한다.

그의 평생의 신념이었다.

어떻게 보면 난 그 철학을 바꿀 필요도 바꿀 이유도 없다는 생각이 들었다.

이기석 같은 교수가 있다면, 고함 교수 같은 교수도 반드시 있어야 하니까.

"네에, 편하신 대로 하십시오."

"그래, 아무튼 요즘 녀석들 실력이 부쩍 느는 것 같아 뿌듯하긴 해. 앞으로 우리 흉부외과의 전망이 밝아! 녀석들이 웬일이야? 주경야독이라도 하는 건가?"

고함 교수가 뿌듯한 듯 입가에 미소를 흘렸다.

"네, 맞습니다. 이기석 교수님이……."

아차, 이건 실수다!

"이기석 교수가 뭐?"

"아, 아닙니다. 이기석 교수님이 이론 교육을 강조하시면서 전공의들을 독려하고 있는 것 같더라고요."

밑에서부터 사람들의 마음을 가지려는 이기석 교수의 계산된 포석이었다.

"흠, 그건 잘하고 있구먼. 알았어. 나가 봐."

"네, 교수님!"

"아! 그러고 보니 오늘 한은정 선생 생일 맞지?"

고함 교수가 책상 위에 놓인 탁상용 캘린더를 집어 들었다.

동그라미가 쳐진 날짜 밑에 한은정 생일이라고 쓰여 있었다.

"아, 그런가요? 오늘이 한은정 선생 생일이었습니까?"

"야, 치프가 되어 가지고 애들 생일 정도는 챙겨야지."

"아, 네. 죄송합니다."

"내가 뭐 해 줄 건 없고, 이걸로 은정 선생 맛있는 거라도 좀 사 줘. 젠장, 선물이라도 골라 보려고 했더니만, 내가 여자들 취향을 알아야지."

툭, 고함 교수가 머리를 긁적거리며 자신의 카드를 건네주었다.

"네, 감사합니다."

"은정이 생일인데, 네가 왜 감사해? 그나저나 이 녀석, 생일인데 미역국은 챙겨 먹은 거야 만 거야?"

언제나 엄하고 무섭기만 했던 고함 교수. 하지만 그 속정은 여염집 아버지의 그것과 같았다.

그러나 아버지의 대척점은 어머니 아닌가?

이기석 교수는 고함 교수가 할 수 없는 것을 해 나가면서 조금씩 그를 갉아먹고 있었다.

　그리고 일주일 후.

　환자 한 명이 호흡기내과에서 흉부외과로 트랜스퍼되었다.

　호흡기내과 치료를 받았으나, 원인 파악이 쉽지 않았던 것.

　그렇게 흉부외과로 옮겨 온 이 환자. 대한민국 사람이라면 모르면 간첩이라고 할 만큼 유명한 스포츠 스타였다.

　환자의 이름은 변상엽, 나이는 24세, 직업은 축구 선수였다.

　물론 그냥 축구 선수가 아니다.

　잉글랜드 프리미어리그의 맨체스터 유나이티드에서 침을 질질 흘릴 만한 선수였으니까.

　1백 년 아니 2백 년이 지나도 나올까 말까 한 대형 스트라이커, 변상엽.

　이제 곧 메디컬 테스트만 마치면 이적료 6천만 파운드라는 잭팟을 터트릴 귀하신 몸이었다.

　그런데 그런 귀하신 몸에 문제가 생겨 버렸다.

　건강검진 결과, 그는 결핵이 의심돼 연희병원 호흡기 내과를 찾아왔다.

흉부 CT 촬영 결과, 호흡기내과 정찬수 교수는 전에 앓았던 결핵이 재발한 것으로 판단, 파라아미노산살리실산(항결핵제)과 카나마이신(항결핵제)을 처방했지만 상태는 호전되지 않았다.

몇 개월 뒤, 다시 흉부 CT를 촬영해 확인해 본 결과, 우측 폐상엽에 병변이 나타나 호흡기내과 정찬수 교수는 이기석 교수에게 변상엽 환자를 인계했다.

물론, 서열상 고함 교수가 맡는 것이 마땅했으나, 변상엽의 에이전트에서 이기석 교수를 지명했던 것.

존스홉킨스 출신이라는 점이 크게 작용한 듯했다.

"이기석 교수, 변상엽 환자 아무래도 특발성 폐렴이 아닌가 싶네?"

항결핵제를 써도 차도가 없는 변상엽 선수.

정찬수 교수는 원인을 알 수 없는 균에 의해 발생된 폐렴으로 판단했다.

"아, 네."

"CS(흉부외과)에 트랜스퍼할 테니까, 폐 조직 검사 좀 해 줘요. 아이고, 우주 대스타라서 그런지, 여간 부담스럽지가 않네? 신경 좀 바짝 써야 할 거야."

정찬수 교수가 신신당부했다.

"생각보다 유명한 선수인가 보군요."

"아이고, 잘 모르나 보군. 하긴 미국은 축구가 별로 인기가 없으니까 그럴 수도 있겠군."

"아뇨, 저도 대충은 알고 있습니다."

"유명한 정도가 아니지. 이 교수는 미국에서 살아서 잘 모를지 모르지만, 우리나라에선 우주 대스타야."

"그렇군요."

"그래, 솔직히 자네한테는 미안하지만, 변상엽 환자 자네한테 넘기고 나니까 두 발 뻗고 잘 수 있을 것 같아. 그동안 내가 얼마나 가슴 졸였는지 알아? 솔직히 변상엽 그 친구 몸에 바늘 하나 꽂기도 살 떨린다고! 아무튼, 고생 좀 해."

호흡기내과 정찬수 교수가 양팔을 문질거렸다.

"네에."

"게다가 조심해야 할 게 하나 있어. 절대로 변상엽 선수가 우리 병원에 입원한 사실이 외부로 새면 안 돼!"

"……계약 문제 때문입니까?"

"그래, 자그마치 6천만 파운드짜리 몸이라고. 입단이 코앞인데, 당연히 비밀로 해야지. 일단, 과로로 인해 요양하러 온 것으로 되어 있으니까, 최대한 신경 쓰도록 해."

"네, 그렇게 하겠습니다."

한상훈 교수 연구실.

"그렇게 설쳐 대더니 꼴좋다."

한상훈 교수가 만족스러운 표정을 지었다.

고함 교수를 제치고 이기석 교수가 변상엽의 주치의가 된 걸 자축하는 모양이었다.

"글쎄요? 이게 마냥 좋아할 일인가요?"

"당연하지. 변상엽이가 누구야? 국민 대스타 아냐? 이번 수술만 잘하면 자넨 완전 스타가 되는 거라고."

"후후후, 잘못되면 완전 역적이 되고요?"

"왜 잘못돼? 기껏해야 웨지 리섹션(쐐기 절제술) 아냐? 그 정도면 전공의 애들도 할 수 있는 거야. 솔직히 포장이야 그럴싸하게 하면 되는 거고, 잘만 하면 자네가 우리 병원 최고의 에이스로 등극할 기회라고."

쐐기 절제술이란 쐐기 모양으로 조직을 절제하는 수술이다. 비교적 간단한 수술로서, 병변과 함께 소량의 정상 조직도 같이 절제하는 방법이었다.

"웨지를 할지 전체를 덜어 내야 할지는 열어 봐야 알겠죠. 아직 속단하긴 이릅니다."

한상훈 교수에 비해 이기석 교수는 굉장히 신중한 스탠스를 취했다.

"……에이, 걱정 마. 정 교수 말을 들어 보니 그럴 가능성은 거의 없어. 염증이 좀 있는 걸 거야."

"그 염증도 염증 나름입니다. 그 몸이 6천만 파운드짜리니까요."

"뭐야, 미국에 다녀오더니 간이 왜 이렇게 쪼그라들었어?"

"후후후, 저 원래 간 작습니다. 아무튼, 신경 써 주셔서 감사합니다."

"그래, 아무 걱정 마. 이번 수술 성공하면 나머지는 내가 알아서 할 테니까."

"뭘 하시려고요?"

"판을 벌였으면 돈을 벌어야지. 이 좋은 판에 공을 칠 수 있나? 자넨 신경 쓰지 말고 수술이나 잘해."

"……네. 다만, 괜히 일 크게 만들지 마십시오. 그러다가 변상엽 선수 에이전트에게 크게 당할 수도 있으니까요."

"그게 무슨 소리야?"

"병원 측과 에이전트 간에 비밀 유지 계약이 되어 있다는 걸 명심하시는 게 좋을 것 같군요. 6천만 파운드라면 한화로 9백억쯤 될까요?"

후후후, 이기석 교수가 고개를 까딱거리며 문을 열고 나섰다.

❤

이렇게 우리 쪽으로 넘어오게 된 어마어마한 환자.

변상엽 선수.

난 이 사람한테 무슨 일이 벌어질지 누구보다 잘 알고 있다!

　고함 교수 연구실.

　"괜찮으십니까?"

　"뭘?"

　"변상엽 선수 말입니다."

　"안 괜찮으면? 환자가 의사를 선택하는 거지 의사가 환자를 선택하는 건 아니야. 상관없어."

　고함 교수가 대수롭지 않다는 듯이 손을 내저었다.

　"그게 아니라, 이기석 교수님이 저보고 어시스트를 서라고 하신 거요."

　"아……."

　고함 교수가 민망한 듯 얼굴을 붉혔다.

　"도와드려도 되겠습니까?"

　"당연하지. 교수가 필요하다면 전공의야 당연히 굴러야 하는 것 아닌가? 가서 잘 도와줘. 몸값이 거의 천억인 선수라며?"

　"네, 알겠습니다."

　"이기석, 이 친구는 내가 잘 알아. 학부 때부터 워낙 영특한 친구였어. 어린 나이에 대학에 들어왔는데도 형, 누나들이랑 스스럼없이 잘 지내고 공부도 똑소리 났지."

　"그랬습니까?"

"그래, 손이 굉장히 좋은 친구야. 외과 써전으론 하늘이 내려 준 선물과도 같은 녀석이었어. 변상엽이가 1백 년에 한 번 나올까 말까 한 선수라면, 이기석 교수도 그래. 타고난 칼 잡이지."

"네에."

"배워, 무조건 배워. 그게 남는 거야."

"네, 알겠습니다."

"다만, 그 눈은 닮지 마라."

"……."

"눈이라뇨?"

"음…… 눈에 온기가 없어. 처마 밑에 고드름은 봄이 오면 녹아. 그런데 녀석의 눈 속에 들어 있는 고드름은 봄이 와도 여름이 와도 녹을 생각을 안 해. 더욱더 단단해지지."

"……."

"아무튼, 날카로운 고드름이 매달린 처마 밑에는 언제나 아기 새들의 보금자리가 있다는 걸 잊지 마."

"네에."

변상엽 선수 병실.

국내 최고의 축구 선수답게 변상엽의 병실은 13층 VVIP

실이었다.

치료도 치료지만 보안을 위해서도 13층은 치료진과 관계자 외에는 그 누구도 출입할 수 없었다.

최고의 스타답게 입원했음에도 불구하고 병실에 축구 관련 잡지들이 수북이 쌓여 있었고, 병실 한쪽 구석엔 몇 개의 축구공이 늘어져 있었다.

환자복만 입고 있을 뿐, 변상엽은 이곳에서조차도 환자가 아닌, 축구 선수였다.

"무리하시면 안 됩니다."

이기석 교수가 찾아왔는데도 변상엽은 리프팅을 하면서 통화를 하고 있었다.

"아무튼, 나 여기 있는 거 기자들 알게 하면 안 돼? 엄마, 그러니까 중엽이한테도 입단속시키고! 알았지? 나중에 다시 전화할게."

전화를 끊은 변상엽이 이기석에게 묵례를 했다.

"죄송합니다, 교수님. 좀 급한 일이라서요."

"건강보다 급한 게 뭐가 있는지 잘 모르겠군요."

이기석 교수가 굳은 표정으로 변상엽이 들고 있던 축구공을 가리켰다.

"그냥, 몸도 찌뿌둥해서 리프팅이나 좀 하려고⋯⋯."

"쉬셔야 합니다."

"네네, 알겠습니다. 그나저나, 심각한 건 아니죠?"

변상엽이 리프팅을 멈추고 축구공을 한쪽 팔에 끼운 채 다른 한 손으로 흘러내리는 땀을 닦아 냈다.

"아직 뭐라고 단정 지을 순 없을 것 같군요. 아무튼 병실에서 이런 건 하시면 안 됩니다."

"아, 네. 습관이 돼서 이게 잘 안 되네요."

변상엽이 축구공을 만지작거렸다.

"혹시, 담배 피우십니까?"

그 순간, 담뱃갑 하나가 이기석 교수의 눈에 들어왔고, 변상엽이 그걸 주워 슬그머니 침대 시트 밑으로 감췄다.

"아, 그게…… 동료요, 동료가 잠시 왔다가 두고……."

"잘 아시다시피 이곳은 폐쇄 병동입니다."

이기석 교수가 근엄한 표정을 지었다.

"요즘 하도 스트레스를 받아서, 그냥 한 대 피워 봤어요."

"……."

"아, 알았습니다. 앞으로는 절대 안 피우겠습니다. 죄송해요."

이기석 교수가 매섭게 노려보자 변상엽이 그의 시선을 피했다.

"사람에게는 두 쪽의 폐가 있지요. 한쪽 폐를 떼어 내도 사는 데는 지장이 없지만, 담배는 양쪽 폐를 가리지 않죠. 축구를 포기하고 싶으시면 맘대로 하십시오."

"하, 하하, 하하하. 네네, 안 하겠습니다. 안 해요. 축구를 못 한다니요? 정말 살 떨리네요."

"……."

"네네, 다시는 안 할게요."

"부모보다 먼저 떠나는 건 불효 중에 불효라고 배웠습니다."

"헉, 말씀이 너무 무섭습니다!"

변상엽의 자신의 양팔을 문질거렸다.

"그만큼, 변상엽 씨는 안정이 중요합니다. 그런 불상사가 일어나지 말란 법이 없죠. 환자분께서 제 지시를 따르지 않는다면, 저 역시 치료해 드릴 수 없습니다."

"네네! 안 해요! 안 해!"

변상엽이 담뱃갑을 손에 쥐고는 우그러뜨렸다.

"이제 됐습니까?"

"저를 위해서가 아니잖습니까?"

"하하하, 하여간 교수님은 못 당하겠네요. 설득력이 장난 아닙니다. 변호사 하셨으면, 대박이셨을 겁니다, 하하하."

"그런 싱거운 농담은 하고 싶고 않군요."

"아이고, 죄송합니다."

"그러면 고지하겠습니다. 변상엽 환자는 우 폐상엽 부위에 병변이 생겨 쐐기 절제술이라고 우 폐상엽 일부를 떼어내는……."

이기석 교수가 변상엽에게 앞으로 시행할 수술에 대해 자세히 설명했다.

"네네, 뭐 알아서 잘해 주시겠죠. 이곳에 사인하면 되는 겁니까?"

"네."

슥슥, 변상엽이 대수롭지 않다는 듯이 수술 동의서에 서명했다.

며칠 후, 5번 수술방.

기본적인 검사를 마친 변상엽 환자는 전신마취하에 우측 폐상엽 부위 말초 부위 조직을 절제하는 웨지 리섹션(쐐기 절제술)을 받게 되었다.

"마취 시작합니다."

후두경으로 기관을 확대한 다음, 변상엽의 기관 내부에 튜브를 삽입했다. 그리고 난 다음엔 튜브를 마취기에 연결했고.

이제 마취를 위한 모든 작업은 마무리되었다.

"약, 들어갑니다!"

체온, 뇌파, 맥박, 혈압 등을 확인한 마취과 전문의가 고개를 끄덕이며 말했다.

"환자분, 속으로 열까지만 세세요."

스크럽 간호사 윤현선이 입가에 미소를 지으며 말했고, 변상엽이 고개를 살짝 끄덕였다.

"괘, 괜찮겠죠?"

조금은 불안한 모습의 변상엽이었다.

"그럼요. 푹 주무시고 일어나시면 개운하실 거예요."

"네."

하나, 둘, 셋…….

열까지 셀 필요도 없었다. 변상엽 환자는 순식간에 깊은 잠에 빠져들었으니까.

"자, 이제 시작하겠습니다. 메스!"

변상엽 환자가 완전히 마취 상태에 빠진 것을 확인하자, 이기석 교수가 수술을 시작하려 했다.

"네, 교수님!"

간호사가 이기석 교수의 손에 메스를 올려놔 주었다.

이렇게 실시한 쐐기 절제술.

변상엽 환자의 경우, 병변의 부위가 생각보다 넓어 흉강경보다는 부분 개흉술로 병변에 접근하기로 했다.

이기석 교수가 병변이 위치한 부위 피부를 국소 절개하는 방식이었다.

"혈류 차단해 주세요."

병변 주변에 일정한 여유를 두고 혈액의 흐름을 차단하는 방식이었다.

"네, 교수님."

그렇게 혈류가 차단되어 병변이 고립되면 피부를 절개하고 조직을 절제한 다음, 지혈하고 닫으면 끝나는 비교적 간단한 수술이었다.

"피가 좀 나네?"

"지혈할까요?"

"그래요……. 자, 잠깐만!"

"왜 그러십니까?"

"병변 범위가 생각보다 너무 넓은데요?"

이기석 교수가 지혈하고 있는 날 멈춰 세웠다.

"네?"

"이거 단순 인플라(염증)가 아닌 것 같은데?"

이기석 교수의 말대로 우 폐상엽 전체에 염증이 넓게 분포되어 있었고 육안으로도 식별이 가능할 정도로 염증 상태가 심각했다.

"단순 염증이 아니라면요?"

"멀리그넌트(악성)가 있겠는데?"

이기석 교수가 염증 부위를 조심스럽게 살펴봤다.

"악성종양을 말씀하시는 겁니까?"

"일단 검사를 좀 해 봐야 할 것 같지만, 그럴 가능성을 전혀 배제할 순 없을 것 같군요."

"……그렇다면?"

"자이언트 셀 칼시노마(대세포암)일 수도……."

이기석 교수의 입에서 뜻밖의 단어가 튀어나왔다.

자이언트 셀 칼시노마, 즉 비소세포암의 일종으로 전체 폐암 중에 4% 안팎을 차지하는 비교적 흔치 않은 암이었다.

암세포가 기하급수적으로 빠르게 성장해 증식하며 전이되는 속도 또한 무지막지한 무시무시한 존재.

기타 다른 암들에 비해 예후가 매우 불량한 위험한 병이었다.

침묵의 암살자라 불리는 자이언트 셀 칼시노마!

지금 이기석 교수의 입에서 튀어나온 질병이었다.

어쩌면 이기석 교수의 말이 맞을 수도 있다!

폐라는 장기는 염증과 종양을 명확히 구분하기 힘들기에 참 어려운 장기다.

염증을 악성종양으로 오진해 폐를 날려 먹는 경우, 악성종양을 단순 염증으로 오진해 환자를 돌이킬 수 없게 만드는 경우가 적지 않으니까 말이다.

따라서 의료 분쟁이 가장 많은 장기 중에 하나가 폐다.

그만큼, 폐란 장기는 써전들에게 위협적인 장기였다.

그런 면에서 이기석 교수의 진단은 틀릴 수도 있고 맞을 수도 있었다.

하지만 난 후자에 무게를 두려 한다.

근거는?

당연히 근거는 있다.

난 회귀했고, 회귀 전 변상엽이 어떻게 사망했는지 똑똑히 기억하고 있으니까.

회귀 전을 기준으로 지금으로부터 정확히 1년 6개월 후, 변상엽 선수는 그라운드에서 쓰러진다.

병명은 전격성 대세포암!

곧바로 병원에 입원한 변상엽 선수의 폐는 손을 쓸 수 없을 만큼 악화되어 있었고, 폐는 물론 다른 장기에까지 암세포가 전이되어 6개월간 투병 생활을 하다 숨을 거두게 된다.

자신의 천부적인 축구 재능을 꽃피우기도 전에 말이다.

따라서, 변상엽 선수의 병변이 단순 감염성 염증이 아니라는 이기석 교수의 진단에 난 동의한다.

하지만…….

"일단 검사부터 해 보자고."

냉동생검병리판독을 의미했다.

즉, 병변을 떼어 내 급속 냉동해 슬라이스처럼 얇게 벗겨 낸 조직을 현미경으로 관찰하는 방법이었다.

이기석 교수의 적절한 판단이었다.

"네, 알겠습니다."

30분 뒤, 병리실에서 전화가 왔고, 검사 담당자의 반응은 의외였다.

ㅡ교수님, 단순 염증입니다.

나 역시 받아들이기 힘든 의외의 결과였다.

"뭐라고요? 확실합니까?"

이기석 교수의 표정에 의문이 가득했다.

–네, 그렇습니다. 멀리그넌트 튜머 아닙니다. 단순 염증입니다.

"다시 한번 해 보세요. 그럴 리가 없습니다."

–아…… 네.

그렇게 이기석 교수의 요청대로 다시 검사가 시행되었으나, 돌아온 답은 그대로였다.

–교수님, 단순 염증입니다.

"알겠습니다."

'그럴 리가 없는데…….'

잠시 후.

눈을 감고 장고에 들어간 이기석 교수, 뭔가 중대한 결심을 한 듯 눈을 번쩍 떴다.

"……우 폐상엽을 절제합니다."

"네??"

나를 비롯한 수술방에 있던 모든 스태프의 입에서 동시에 터져 나온 반응이었다.

"못 들었습니까? 우 폐상엽 1/2을 절제할 겁니다. 폐 절제술을 할 거니까 준비해 주세요."

이기석 교수의 판단이 맞다면, 사안의 경중을 놓고 볼 때, 그의 판단대로 폐 절제술을 하는 것이 맞다.

시기적절한 조치이며 변상엽 환자를 살리고, 축구 선수로서 계속 운동을 할 수 있게 하려면 그게 맞다.

하지만 상황이 문제다.

이건 아니다!

나 역시 이기석 교수의 판단에 동의하지만, 지금 상황에서 폐 절제술을 한다는 건 말이 되지 않는 상황이었다.

이유는 간단했다.

수술에 성공해도 실패해도 문제가 되기 때문이다.

환자는 쐐기 절제술에 동의한 것이지, 폐 절제술에 동의한 건 아니니까.

또한, 최종 병리 판독 결과에서 지금처럼 단순 염증의 소견이 나온다면, 그야말로 감당할 수 없는 상황이 전개될 것이다.

변상엽이 누군가? 그리고 그 에이전트가 가만있겠는가?

그들은 변호사를 선임할 것이고 환자 본인의 동의 설명 의무 위반을 근거로 병원과 이기석 교수를 상대로 소송을 제기할 것이 틀림없다.

멀쩡한 폐를 잘라 내 축구 선수로서 치명상을 입힌 의사를 가만두겠는가?

자칫 잘못했다가는 엄청난 의료 소송에 휘말릴 소지가 있는 결정이었다.

게다가 이기석 교수의 말대로 최종 병리 판독 결과를 통해 운 좋게 악성종양 소견이 밝혀진다 해도 환자 본인 동의 설명 의무 위반 때문에 그쪽에서 소송을 건다면, 때려죽여도 이길 수 없는 소송이 될 것이다.

어떤 케이스건 간에, 이기석 교수가 무조건 지는 소송이다.

어떤 경우든 이기석 교수의 독박이었다.

막아야 한다!

"교수님, 안 됩니다."

"……그게 무슨 소립니까?"

"검사 결과가 단순 염증이라고 하지 않습니까?"

"……아니, 내 판단은 단순 염증이 아니야."

이기석 교수의 눈빛에서 난 읽을 수 있었다.

확신에 찬 의지를.

"일단 가슴 닫고 정밀 검사를 한 후에……."

"아니, 지금 바로 수술해야겠어요."

"아니, 그건 좀 리스크가 큽니다! 단순 염증이라면 폐를 절제할 이유가 없잖습니까?"

나 역시 단순 염증이 아니라는 데 동의하지만, 지금은 어떻게든 그의 판단을 부러뜨려야만 했다.

"이보세요, 김윤찬 선생!"

"네, 말씀하십시오."

"만약에 저 병변이 대세포암의 씨앗이라면 지금 제거하는 것이 맞습니까, 아닙니까?"

이기석 교수가 근엄한 표정으로 물었다.

"……네, 맞습니다."

다른 말로 둘러댈 변명의 여지가 없는 질문이었다.

"그래서 수술을 하겠다는 겁니다. 이제 이해가 되셨습니까?"

"하지만 검사 결과는 단순 염증이지 않습니까?"

"그래요. 김윤찬 선생의 말대로 단순 염증이라고 칩시다. 그래도 폐는 잘라 내야 할 것 같군요."

"네? 그게 무슨 말씀이십니까?"

"단순 염증이 아닌 감염성 염증입니다. 퍼져 있는 부위가 광범위합니다. 게다가 워낙 병변 부위가 민감한 것이라 봉합이 잘 안 될 가능성이 농후해요. 이러다 전체 폐로 염증이 퍼져 나가면, 나중엔 손을 쓸 수 없을 수도 있습니다."

정확하다.

이기석 교수의 판단은 정확할 뿐만 아니라 합리적이다.

확실히 이기석 교수는 훌륭한 써전임에는 틀림없었다.

하지만 전제 조건이 붙는다.

의학적인 범주 안에서라는.

법률적으론 전혀 다른 얘기다.

"교수님, 변상엽 환자는 쐐기 절제술에 동의한 거지, 폐 절제술에 동의한 건 아닙니다. 만약에 변상엽의 에이전트에서 그 부분을 물고 늘어진다면……."

"압니다. 그건 제가 감당할 부분이니 김윤찬 선생은 신경 쓰지 마세요."

알고 있다고?

그 엄청난 리스크를 감당하면서까지 수술을 하겠단 말인가?

쉽지 않은 결정이었다.

아니, 어쩌면 무모한 결정일지도 몰랐다.

"아니…… 이기석 교수! 김윤찬 선생의 말이 맞는 것 같은데? 그러다가 정말 환자 쪽에서 태클 걸면 그거 감당하기 힘들지 않을까?"

그동안 가만히 듣고만 있던 마취과 신동욱 교수가 입을 열었다.

"신경 쓰이시면, 교수님은 빠지셔도 됩니다."

"아, 아니, 그게 아니라, 가슴 열어 놓고 내가 어떻게 자리를 뜨나? 그럴 순 없고, 아무튼 이건 좀 아닌 것 같은데?"

신동욱 교수가 불안한 표정으로 물었다.

"이 방의 최고 책임자는 집도의인 저입니다. 전 수술을 할 것이고 무조건 이 모든 책임은 제가 지겠습니다."

"아니, 책임 문제가 아니라, 분명 검사 결과가 단순 염증으로 나왔는데 이게 왜 악성종양이라고 확신하는 거냐고? 그건 좀 오만한 거 아닌가?"

"……제 어머니가 이 환자와 똑같은 병으로 돌아가셨습니다. 제가 의사가 된 이유도 바로 이것 때문이었고요. 10년을 넘게 이 병 하나만 놓고 매달리고 또 매달렸습니다. 변상엽 환자 차트를 봤을 때부터 전 확신했습니다. 그래서 주저 없이 맡은 거고요."

"……."

이기석 교수의 말 한마디에 수술방은 찬물을 끼얹은 듯 조용해졌다.

"꿈속에서도 종양을 보고, 만져 보고 느꼈습니다. 분명, 대세포암의 씨앗이 맞습니다. 확신합니다."

"휴우, 이걸 어떻게 받아들여야 하나?"

신동욱 교수가 난감한 듯 입술을 잘근거렸다.

"……이곳, 대한민국의 최고 병원이라는 연희병원! 근데, 이곳의 검사 수준을 보아하니 글렀습니다. 최종 병리 검사도 단순 염증으로 나올 가능성이 큽니다. 기껏해야 결핵 정도로 진단하겠죠. 만약에 변상엽 환자가 결핵이 아니라면?"

충분히 근거 있는 얘기였다.

"……."

이기석 교수의 말에 반박할 수 있는 사람은 아무도 없었다.

"결코, 단순 염증이 아닙니다. 제 의사 인생을 걸고 장담합니다! 이 환자, 이대로 가슴 닫으면 나중에 어떻게 될지 몰라요. 그때 가서 여러분들이 책임지실 겁니까?"

이기석 교수 목의 힘줄이 툭툭 튀어나왔다.

나쁘지 않네?

조금 멋있다.

분명 의사로서 확고한 신념을 가지고 있는 사람이 틀림없었다.

이기석이란 사람은.

"……."

"……제가 어시스트 서겠습니다."

이 상황에선 어쩔 수 없지 않겠나? 환자를 살리겠다는데.

뭐, 어떻게든 되겠지. 내일 일은 내일의 나에게 맡기면 되지 않겠나?

"괜히 그럴 필요 없습니다. 걱정되면……."

"몸값이 천억에 가까운 사람입니다. 나중에 잘못되면 그 원망을 어떻게 다 감당하겠습니까? 어휴, 전 싫습니다. 차라리 소송에 휘말리는 게 낫죠."

하하하, 하하하.

내 말에 스태프들이 동시에 웃음을 터뜨렸다.

"정말 괜찮겠습니까?"

"안 괜찮으면요? 제가 교수님 손모가지 비틀어 메스 빼낼까요?"

"후후후, 고맙습니다."

"글쎄요? 나중에 그때 왜 말리지 않았냐고 탓하지나 마십시오."

난 이기석 교수에게 어깨를 으쓱거려 보였다.

"그럴 리가요……. 자, 다들 걸리는 게 있는 분들은 수술방에서 나가셔도 됩니다."

"하아, 진짜! 지금 이 상황에 나갈 수 있는 사람이 어딨나?"

이곳에 모인 모든 스태프도 같은 생각이었을 것이다. 그 누구 하나 수술방을 나가는 사람이 없었다.

"그래도……."

"젠장, 이거 오지게 걸렸군."

신동욱 교수가 입술을 잘근거렸다.

"그러니까 괜히……."

"아니, 의사가 다른 것도 아니고 환자의 생명을 담보로 협박하는데, 그걸 어떻게 무시해? 이건 뭐, 의사 가운 벗으라는 말보다 더 무섭구먼. 맘대로 해 봐. 뭐, 죽이 되든 밥이 되든 어떻게 되겠지."

마취과 신동욱 교수도 자포자기한 모양이었다.

"집도의로서 제가 모든 것을 책임질 겁니다. 여러분들은 걱정하지 마십시오."

"됐고! 준비할 테니까, 아무튼 환자나 살려 놔. 만약에 그렇게 장담해 놓고 수술 엉망이면 변상엽이 에이전트가 아니라 내 손에 죽을 줄 알아."

"……네, 최선을 다하겠습니다."

결국, 일은 벌어지고 말았다.

그것도 엄청난 일이!

"후우, 끝났군요."

수술을 마친 이기석 교수가 안도의 한숨을 내쉬었다.

"수고하셨습니다."

수고하긴 했지만, 앞으로 닥쳐올 일이 눈에 선하기에 수술방의 분위기는 밝지만은 않았다.

"마무리는 김윤찬 선생이 해 주실래요?"

"네, 그렇게 하겠습니다. 그나저나 이 암 덩어리는 병리실에 넘겨야겠죠?"

난 샬레에 담긴 조직을 가리켰다.

"암 덩어리요?"

의외라는 표정이다.

"네, 지금 교수님께서 이 암 덩어리를 깨끗이 절제하신 거잖습니까?"

"후후후, 그렇습니까? 고맙군요."

이기석 교수가 입가에 옅은 미소를 흘렸다.

"고맙긴요. 암 덩어리를 암 덩어리라고 했을 뿐입니다."

"그래요. 그것도 김윤찬 선생이 알아서 처리해 주십시오. 오늘 수고 많았습니다."

"네. 교수님, 고생하셨습니다."

"이따 저녁에 저랑 위스키 한잔합시다. 괜찮죠?"

괜찮긴. 그거 마실 상황이 아닐 겁니다, 이기석 교수!

"네, 괜찮습니다."

수술 결과는 더할 나위 없이 좋았다.

이기석 교수의 실력은 놀라웠고, 우 폐상엽 일부가 제거되었지만 병변 부위는 깨끗이 절제되었다.

향후 재활을 통해 회복 기간을 거친다면 정상적인 삶을 영위하는 것은 물론, 축구 선수로서의 삶도 가능한 상황이었다.

지금 당장이 아니라는 것이 문제였지만 말이다.

물론, 그게 가장 큰 문제였지만.

설상가상.

며칠 후, 최종 병리 판독 결과 변상엽의 병변은 악성종양이 아닌, 결핵에 의한 단순 염증임이 밝혀졌다.

그 말은 우 폐상엽 일부를 절제할 이유가 없었다는 뜻.

주식 폭락.

비트코인도 이렇게까지 폭락하지는 않았을 것이다.

6천만 파운드짜리 금덩어리가 1파운드짜리 구리만도 못할 위기에 놓인 상황이었다.

💔

허풍선 흉부외과 과장실.

"……."

허풍선 흉부외과 과장 그리고 변상엽 선수의 에이전트 대표인 왕정표 그리고 로펌 한결의 대표 변호사 장민식이 자리하고 있었다.

모든 사람의 표정이 한겨울 옥상에 널어놓은 빨래처럼 딱딱하게 굳어 있었다.

"……어떻게 하실 생각입니까?"

끈적끈적한 무거운 분위기.

아무도 감히 입을 열지 못하는 상황에서 드디어 왕정표가 입술을 뗐다. 차분한 말투였으나, 눈에는 분노가 가득 차 있었다.

"죄송합니다, 정말 죄송합니다."

허풍선 과장은 죄송하다는 변명만 늘어놓을 뿐, 딱히 할 말이 없는 상황이었다.

수술에 관한 환자 설명 의무 고지 위반!

이건 빼박이었다.

변상엽 환자와 그의 에이전트는 쐐기 절제술을 하는 것에 동의했지, 우 폐상엽 절제술에 동의한 것이 아니었다. 따라서 환자 측에서 걸고넘어지겠다고 작정한다면 무조건 걸릴 수밖에 없는 상황이었다.

게다가, 최종 병리 판독 결과 악성종양이 아님이 밝혀졌으니, 진퇴양난도 이런 진퇴양난이 없었다.

환자가 누군가?

대한민국의 최고 스타이자 곧 있으면 6천만 파운드짜리가 될 귀하신 몸이 아니던가.

"죄송하다는 말 가지고 해결이 될 거라 생각하십니까? 대안을 내놓으셔야 할 것 같은데요? 지금 제 의뢰인은 메디컬 테스트를 앞두고 있는 상황입니다만."

누가 봐도 100% 유리한 상황, 장민식 변호사가 고압적인 자세로 임했다.

"네, 일단 원장님과 상의해서 대안을 마련토록 하겠습니다."

"……대안이라? 절제된 폐를 도로 붙여서 정상적으로 만들어 놓지 않는 이상, 특별한 대안은 없을 겁니다. 아무튼, 우린 우리 방식대로 진행할 테니, 대안이 마련이 되면 연락을 주십시오."

"네네, 알겠습니다."

"이보세요, 허풍선 과장님! 우리 상엽이 이번에 잘못되면, 저 가만있지 않을 겁니다. 제 말 허투루 듣지 마십시오."

주먹을 쥐고 허풍선의 관자놀이라도 날릴 기세. 왕정표의 눈이 이글이글 타올랐다.

"네네, 최선을 다하도록 하겠습니다."

당황한 허풍선이 어쩔 줄 몰라 했다.

"우리 상엽이 원래대로 원상 복구 해 놓으십시오. 정 안 되면 그 의사 양반 폐라도 잘라다가 붙여 놓으셔야 할 겁니다. 이 영국행 비행기표가 쓸모없게 되는 순간, 당신들도 끝입니다. 알겠습니까?"

"……네, 긴급회의를 소집하도록 하겠습니다."

"아무튼, 우리 로펌에서도 소송 준비를 시작할 테니까, 연락하실 일 있으시면 연락 주십시오."

"네. 아, 알겠습니다."

잠시 후.

"한상훈 교수! 지금 당장 이기석 교수랑 같이 내 방으로 오세욧!"

두 사람이 밖으로 나가자 화가 난 허풍선 과장이 한상훈과 이기석을 호출했다.

"한 교수! 지, 지금 이 상황을 어떻게 해결할 거야!!"

허풍선 교수가 얼굴이 벌게진 채로 침을 튀겼다.

말은 한상훈에게 하고 있지만, 시선은 이기석 교수의 얼굴에 꽂혀 있었다.

"수술 기록을 보니 병변 자체가 절제를 하지 않으면 봉합도 힘들 것 같고…… 워낙 감염성이 높아 절제하지 않으면……."

한상훈 교수가 대충 변명을 하며 얼버무리려 했다.

"한 교수, 미쳤어요? 지금 최종 병리 판독 결과 못 보셨습니까? 단순 염증이라고 하지 않습니까!! 이걸 어떻게 할 겁니까? 지금 원장님 노발대발 난리가 났어요, 난리가!"

"……모든 건 제가 책임지도록 하겠습니다."

그동안 침묵하고 있던 이기석 교수가 말문을 열었다.

"이보세요, 이 교수! 집안에 돈 좀 있다고 만만해 보이는가 본데, 변상엽 환자 몸값이 얼만지 알고 있습니까?"

어이없었다.

얼마까지만 해도 꿀이 뚝뚝 떨어지던 허풍선 교수의 눈이 표독스럽게 변해 버렸다.

"법적으로 대응토록 하겠습니다."

"젠장, 당신 일신상의 문제가 아니지 않습니까? 이 교수의 무분별한 행동 하나로 병원 전체가 타격을 입게 생겼다고요! 그리고 법적으로 대응을 해요?? 이건 때려죽여도 우리가 못 이기는 소송입니다. 괜히 경거망동하지 말고 자숙하고 계십시오. 법적 대응은 우리 병원 법무팀에서 알아서 할 테니까."

"……."

"한상훈 교수, 오늘부터 이 교수, 모든 업무에서 배제토록 하십시오! 그리고 이 교수는 당분간 휴가 처리 하시고요."

끙, 붉었던 허풍선 교수의 얼굴이 더욱더 붉어졌다.

"네, 알겠습니다."

한상훈이 잠시 이기석 교수의 눈치를 보더니, 바로 수긍하는 모양새였다.

"이 교수는 나가 보시고, 한 교수는 잠시 나 좀 봅시다."

"네에."

잠시 후.

"쯧쯧쯧, 복덩인지 알고 데리고 왔더니, 애물단지였어!!"

허풍선 교수가 혀를 차며 오만상을 찌푸렸다.

"……죄송합니다."

"어휴, 됐고! 어차피 저쪽에서도 가만있지 않을 거야. 한 교수도 알다시피, 이번 사건은 우리가 절대로 못 이겨. 환자 설명 의무 고지 위반 사항 아닌가."

"네, 그렇습니다."

"게다가 법무 법인 한결이 어딘가? 거기 완전히 의료 분쟁 소송 전문 로펌 아냐?"

"네."

"하늘이 두 쪽 나도 우리가 못 이기는 소송이야. 그래서 말인데, 어차피 이기석 저 친구, 우리 병원의 정식 교수도 아니잖아? 그래, 안 그래?"

허풍선 과장이 뱁새눈을 뜨며 말했다.

"네, 아직 정식 발령을 받은 건 아닙니다."

"옳거니! 바로 그거야. 우리 병원 정식 교수도 아니니까, 이쯤에서 잘 설득해 미국으로 돌려보내자고."

"그건 너무 무책임한……."

"장난해, 한 교수? 지금 누가 누굴 걱정하는 거야? 일단 우리부터 살고 봐야 할 것 아냐?"

"……."

"최대한 이기석이하고 거리를 두라고! 어차피 이기석이가 혼자 미쳐 날뛴 거 아닌가? 자네나 나나 왜 그 칼춤에 놀아나야 하냐고!! 일단 장대비는 피하고 봐야 하지 않겠나?"

"아무리 그래도……."

"사람이 이렇게 나약해 가지고 어떻게 큰일을 도모하나? 그깟 서푼도 안되는 정 때문에 같은 죽을 셈인가? 무조건 내 말대로 해!"

"아, 알았습니다."

"젠장, 혹 떼려다 혹 하나 더 붙이게 생겼어!! 지금 도려내지 않으면 양쪽에 혹 달고 다닌다는 걸 명심해!"

"알겠습니다."

"차질 없게 해! 알았지?"

"네에."

"……그래, 자네가 이기석 교수를 데리고 왔지 아마?"

"……."

허풍선 교수가 눈매를 좁혀 한상훈을 응시했다.

여차하면 모든 책임이 한상훈에게 덤터기 씌워질 수 있다는 무언의 협박이리라.

♥

며칠 후, 고함 교수 연구실.

"김윤찬, 이기석 교수한테 메일을 보내려고 하는데, 왜 발송 불가야?"

탁탁, 고함 교수가 키보드를 두드리며 짜증을 냈다.

"……전산실에서 막아 놓은 것 같습니다."

"뭐라고?? 왜?"

"음, 이번 일로 일단 모든 업무에서 배제되신 것 같습니다."

"지랄들 하고 있군! 존스홉킨스에서 데리고 올 땐, 무슨 상전 모시듯 하더니, 지금은 끈 떨어진 뒤웅박 신세구만."

"네."

"하여간 이 인간들은 의사가 아니야, 장사꾼이지. 달면 삼키고 쓰면 뱉는다는 건가? 존스홉킨스 출신이라고 광고하면서 떠들어 댈 땐 언제고……. 젠장, 그래서 그 아까운 실력을 썩히겠다는 거야?"

"지금은 어쩔 수 없는 상황 아닙니까?"

"미쳤어? 어디서 어쩔 수 없다는 말이 나와? 너도 저 인간들이랑 똑같은 놈이야?"

"죄송합니다."

"이기석 교수 수술 기록지 봤어. 내가 이기석이었어도 그렇게 했을 거야. 아마, 내가 그랬으면 저 인간들 날 참수라도 하려 들었겠지."

크읍, 고함 교수의 눈 주위에 근육이 잔뜩 뭉쳐 있었다.

"……."

"하나만 묻자. 너, 이기석 교수 어시 했지?"

"네."

"네 판단은 어때?"

"……."

"우물쭈물하지 말고 말해. 네 판단은 어떠냐고? 단순 염증이야, 아니면 악성종양이야?"

"제 판단을 물으시는 거라면, 악성종양이 맞다고 생각합니다."

"확실해?"

"네, 제 판단은 그렇습니다."

"근거는?"

"변상엽 환자는 폐결핵을 앓았던 경험이 있고, 결핵을 앓았던 환자 중 폐암으로 진행된 환자 3백 명을 대상으로 한 연구 결과를 살펴보면, 이 중 약 70% 정도인 210여 명 정도가 EGFR 변이……."

"됐어! 그러니까 너도 이기석 교수랑 같은 생각이라는 거지? 맞나?"

고함 교수가 손을 들어 올렸다.

"네, 그렇습니다. 멀리그넌트 튜머라고 확신합니다."

"그래, 나도 같은 생각이야. 전후 사정이야 어떻든 간에 이기석 교수의 판단은 옳았다고 생각한다. 싸가지가 바가지 같은 인간이긴 하지만, 의사로선 제법이야. 그렇다면 내가 가만있을 수 없잖아?"

고함 교수가 입술을 굳게 다물었다.

"……어떻게 하시려고요?"

"뭘 어떻게 해? 간만에 제대로 된 의사 하나 나왔는데 날려 버릴 셈이야? 나라도 나서야지."

고함 교수가 자리에서 벌떡 일어났다.

교수님이 나선다고 될 일이 아닙니다! 뭘 하든 해결할 수 있는 방법이 없어요!

"아, 네."

"아무튼, 넌 괜히 나서지 마라. 이건 이기석 교수하고 내가 해결할 테니까."

"네, 알겠습니다."

교수님 아니라 교수님 할아버지가 와도 안 되는 건, 안 되는 겁니다.

"일단, 원장님부터 만나 봐야겠어. 어떻게든 병원에서 커버를 쳐 줘야 할 것 아냐? 젠장, 도와주지는 못할망정, 뒤에서 칼을 꽂아? 동업자 정신이라고는 눈곱만큼도 없는 것들!"

고함 교수가 송곳니를 드러내며 분노했다.

연희병원 원장실.

"법무팀장이 알아서 잘 처리해 보세요."

"네, 원장님!"

"최대한 저쪽 비위 건드리지 말고."

"네, 최선을 다하겠습니다."

고함 교수가 장태수 원장을 찾아갔을 무렵, 법무팀장 오정직이 와 있었다.

"원장님, 나중에 다시 들를까요?"

고함 교수가 양해를 구하며 멈칫했다.

"아니에요. 법무팀장님은 이만 나가 보세요. 고함 교수는 앉고."

"네, 원장님."

"……경솔한 판단이었습니다."

법무팀장이 나가자 장태수 원장의 얼굴에 수심이 가득해졌다.

"환자를 살리기 위한 어쩔 수 없는 선택이었다고 생각합니다."

고함 교수가 애써 이기석을 변호했다.

"어쩔 수 없는 선택이라……. 때로는 최선이 최악이 될 수도 있는 법입니다. 이기석 교수의 판단은 반만 옳았어요."

골치가 아픈지 장태수 원장이 관자놀이를 꾹꾹 눌렀다.

"원장님, 제가 수술 기록지를 전부 살펴봤습니다. 충분히 대세포암 병변으로 추정할 수 있었습니다."

"추정은 추정일 뿐입니다. 검사 결과가 모든 것을 말해 주지요. 결국, 우린 그 검사 결과를 받아들여야 하는 것이고요."

장태수 원장이 고개를 내저었다.

"……암 덩어리가 아니었어도 분명 우 폐상엽은 절제가 되어야 했습니다! 주치의로서, 써전으로서 올바른 판단이었습니다."

"……."

"만약 그대로 가슴을 덮었다면 해외 진출을 앞두고 있는 에이전트가 가만있었겠습니까? 6천만 파운드짜리 계약을 앞두고 있는 자들입니다. 어떻게든 계약을 하려 했을 겁니다. 재수술은 불가했을 거라고요."

"……."

"전, 이기석 교수가 의사로서 할 일을 한 거라 생각합니다."

"알아요."

"아신다고요? 그런데 어떻게 이러실 수가 있습니까? 최소한 병원에서 의사를 커버해 줘야 하는 것 아닙니까?"

"그래서 법무팀장과 상의한 것이 아니오?"

"하아, 그렇다면 이기석 교수를 왜 직무 배제 하는 겁니까?"

"우리나라 속담에 물에 빠진 사람 건져 줬더니, 보따리 내놓으라 한다는 속담이 있지요?"

"그건 좀 경우가……."

"아니요, 다르지 않습니다. 그게 사람들의 본성이니까요. 게다가 이기석 교수는 살려 달라고 하지도 않은 사람을 물에서 건져 낸 꼴이에요. 에이전트들은 물에서 건져 올린 사람보다 보따리가 더 중요한 법이니까."

장태수 원장도 고함 교수의 말도 다 맞는 말이다.

6천만 달러짜리 계약을 놓치고 싶은 장사꾼은 세상에 없으니까.

"……."

"항상 모든 일에는 양면성이 있는 것이죠. 일을 잘하면 상을 받는 것이고 그 일이 잘못되면 벌을 받는 겁니다. 지금은 후자에 가까운 상황이겠지요. 책임을 질 사람이 필요합니다."

장태수 원장이 굳은 표정으로 말했다.

"방법이 없다는 말씀이십니까?"

"없습니다, 지금으로선."

장태수 원장이 단호하게 잘라 말했다.

"알겠습니다."

한마디로 사면초가였다.

의학 전문 변호사를 중심으로 최정예 소송팀을 꾸린 법무 법인 한결이 총공세에 돌입한 상황이었다.

제아무리 비밀을 유지한다 할지라도 조만간 모든 사실이 만천하에 드러날 것임을 어렵지 않게 예측할 수 있었다.

그렇게 되다면 이 모든 비난의 화살은 연희병원과 이기석 교수에게로 향할 수밖에 없는 상황이었다.

따라서 장태수 원장의 입장에서도 이기석 교수를 커버 쳐 줄 근거도 명분도 없는 상황이었다.

이길 수 없는 게임이라는 것을 너무나 잘 알고 있기에.

"고함 교수!"

장태수 원장이 일어서려는 고함 교수의 발걸음을 멈춰 세 웠다.

"네?"

"……변상엽 선수의 스페시맨(검체)이 암이었다는 것만 증명 해서 저한테 갖다주세요. 그러면 내가 어떻게든 해 보리다."

"이미 두 번의 병리 검사를 해 본 상황입니다. 결과는 같았습니다. 지금으로선 방법이 없습니다."

"그렇군요. 흐음, 아무래도 불가능한 일이겠군요. 어쩔 수 없는 일이에요. 어쩔 수……."

휴우, 장태수 원장이 깊은 한숨을 내쉬었다.

"어떻게 됐습니까?"

애초에 잘될 일이 아니었다.

"원론적인 얘기뿐이야. 병원 입장에선 당연히 그렇게 나올 수밖에 없지만."

고함 교수가 옷걸이에 걸린 의사 가운을 걸쳐 입었다.

고함 교수님!

거보십시오. 제가 안 된다고 했지 않습니까? 소용없는 짓이라고요.

"병원 입장에서도 어쩔 수 없을 겁니다. 워낙, 사안이 명백해서."

"……지금 그렇게 태평해도 되는 거야? 이기석 교수도 교수지만, 너도 걸려 있는 일이야. 내가 괜히 쓸데없는 오지랖이나 피는 줄 알아? 자칫 잘못하면 너한테도 피해가 간다는 거 몰라?"

"뭐, 그렇다면 할 수 없죠."

"뭐라고?"

"교수님도 항상 안주머니 속에 사표 들고 다닌다고 하셨잖습니까? 저도 마찬가지예요. 보여 드려요?"

"썩을 놈! 아무튼 넌 쥐 죽은 듯이 잠자코 있어. 괜히 이기석 교수 돕는다고 나서지 말고."

"네에."

"내가 어떻게든 네 실드는 쳐 줄 테니까. 알았지?"

"네, 전 교수님만 믿겠습니다."

"그래, 내 새끼 하나도 못 지키면 그게 어디 사람이야? 아무튼, 괜한 소리 지껄이지 마라, 응?"

고함 교수가 재차 확인하며 나섰다.

"네네!"

"이기석 교수 이 인간 다시 봐야겠어. 생긴 건 기생오라비같이 생겨 가지고 이기적인 줄만 알았더니 말이야."

"……네, 저도 솔직히 좀 놀랐습니다."

"그나저나 원장님이 스페시맨(검체)이 암이라는 것만 증명하면 어떻게든 해 본다고 하시더군. 그게 말이야, 방구야. 이미 수차례 병리 검사에서 음성이 나온 걸 가지고, 뭘 어떻게하겠다는 거야."

"……."

"그래그래, 아무튼 몸 사릴 땐, 몸 사리자. 나가자. 회진 돌아야지?"

"네, 교수님."

"기석아, 특별한 일 없으면 내 방으로 좀 올래?"

한상훈 교수가 이기석 교수를 자신의 방으로 호출했다.

감히 이기석 교수를 오라 가라 할 수 있는 위치에 있지 않은 한상훈 교수였기에 의외였다.

―네, 그렇게 하지요.

잠시 후.

"많이 힘들지?"

"괜찮습니다. 살다 보면 이런 일도 있고 저런 일도 있는 거겠죠."

"상황이 상황인 만큼 네가 좀 이해를 해라. 나도 하는 데까진 해 보려고 한다만, 이게 쉽지가 않아."

한상훈 교수가 까칠해진 자신의 턱을 쓰다듬었다.

"신경 쓰실 것 없습니다. 어차피 제가 결정한 일이고, 이 모든 건 제가 책임질 것입니다."

"……일단 변상엽 환자한테 정중히 사과하는 것이 어떻겠니? 지금은 그 방법밖에 없는 것 같구나."

"환자 동의 설명 의무 위반에 관해선 충분히 사과드렸습니다."

"그거 가지고는 턱없이 부족하지!! 옷자락이라도 잡고 매달려야 하는 것 아니냐?"

"지금 제게 충고하시는 겁니까?"

이기석 교수가 흰자위를 드러냈다.

"아니, 그게 아니라, 뭐든 해 봐야 할 것 아니냐는 말이지."

한상훈 교수의 목소리가 잦아들었다.

"……그런다고 뭐가 달라지겠습니까?"

의외로 담담한 이기석 교수였다.

"차라리, 아버님께 도움을……."

"쓸데없는 짓 하시면 그때는 가만있지 않을 겁니다. 시키지도 않은 짓은 하지 않는 게 좋아요."

이기석 교수가 한상훈을 죽일 듯이 노려봤다.

"알았다, 알았어!"

이기석 교수의 성격을 너무나 잘 알고 있는 한상훈이었기에 더 이상 말을 잇지 않았다.

"특별히 할 말 없으시면 가 봐도 되겠습니까?"

"아, 그건 그렇고, 우리 나가서 술이나 한잔하자. 괜찮지? 너한테 긴히 할 말이 있어서 말이야."

한상훈 교수가 가운을 벗어 옷걸이에 걸치며 말했다.

"……지금 형이랑 정답게 앉아서 술잔 기울일 상황은 아니잖습니까? 무슨 말을 하려는지 대충 감은 오니까…… 그냥 여기서 말씀하시죠?"

"녀석, 까칠하긴."

"……저한테 녀석이란 단어를 쓰셨던 적이 있던가요?"

"아, 아니, 한참 후배한테 그런 말도 못 쓰냐?"

나름대로의 도발이었다.

한 번도 이기석에게 토를 달아 본 적이 없는 한상훈이었다.

"네, 그렇죠. 편하게 하십시오."

이기석이 가소롭다는 듯이 한쪽 입꼬리를 말아 올렸다.

"솔직히 네 아버님께 은혜를 좀 입은 건 사실이지만, 이젠 다 갚았다고 생각해!"

흠흠, 한상훈이 손을 말아 쥐어 입에 대고는 헛기침을 했다.

"가늠할 수 있습니까?"

"그, 그게 무슨 말이야?"

"……가늠할 수 있다면 그건 은혜가 아니죠. 형은 그걸 갚은 게 아니라 잊어버리고 싶은 거겠죠."

"……."

한상훈이 얼굴이 벌게진 채, 아무 말도 하지 못했다.

"됐고요! 호칭이 무슨 상관이겠습니까? 저, 형이랑 한가하게 같이 앉아 술 마실 생각 없으니까, 여기서 말씀하세요."

털썩, 이기석이 소파에 몸을 내던졌다.

"그, 그게……. 아무래도…… 일단, 미국으로 돌아가는 게 어떻겠니? 나머지는 어떻게든 내가 처리해 볼 테니까 말이야."

한상훈이 잠시 말을 더듬더니 마침내 입을 열었다.

"미국이라……."

"그래, 한국에 있어 봐야 전혀 도움 될 게 없잖아? 조만간 언론에라도 터지면……. 곤란할 것 아니냐?"

"형도 내가 오진한 거라고 확신하는군요?"

"아, 아니, 그게 아니라, 네 실력이야 당연히 의심의 여지가 없지! 하지만 상황이 상황인 만큼."

"하하하, 그래요. 형이 가라면 가야죠. 부른 사람도 형이니까요."

이기석 교수가 대수롭지 않다는 듯이 자리에서 벌떡 일어났다.

"그래그래, 정말 잘 생각했어. 뒷수습은 어떻게든……."

"그래요. 전 형만 믿고 돌아갑니다. 형이 날 이렇게까지 생각해 주는지는 꿈에도 몰랐군요."

"인마, 우리가 남이냐? 솔직히 피만 섞이지 않았지, 어릴 때부터 형제나 다름없었잖아? 내가 돕지 않으면 누가 널 돕겠니?"

"인마? 정겨운 단어군요."

"아니, 그게 아니라."

"아무튼, 형이 도와준다고 하니 감동이네요. 그래요, 전 형만 믿겠습니다."

"그래, 잘 생각했다."

"다만 형, 그거 하나는 고민을 좀 해 보셔야 할 것 같군요. 같은 편이 적이 되면 어떻게 되는지! 촉한의 마지막 충신이었던 강유가 원래 위나라 사람이었다는 것을요! ……이만 짐 싸러 가 보겠습니다."

"아니아니, 지금 당장 가라는 건 아니고, 천천히 해도 돼!"

"에이, 아닌 거 같은데? 저기 조직도에 벌써 제 이름이 없네요. 잉크도 마르지 않은 것 같은데?"

이기석이 책상 위에 놓인 흉부외과 조직도를 가리켰다.

"아니, 그게 아니라."

"그리고 김윤찬이는 왜 조직도에 없는 겁니까?"

"……그게, 이번 일에 김윤찬 선생도 무관하지 않잖아? 퍼 스트에 섰으니까."

"형, 제가 경고하는데, 김윤찬 선생 건드리면 형도 죽습니다."

이기석 교수가 눈에 힘을 주며 말했다.

"뭐, 뭐라고?"

"예전에 우리 집에 메리라는 개 새끼 한 마리가 있었는데, 하도 졸졸 쫓아다니면서 정답게 굴기에 귀여워서 몇 번 무릎에 앉혀 놨더니, 이게 사람인 줄 알지 뭡니까?"

"……."

"그래서 내가 어떻게 했는 줄 알아요?"

"지, 지금 무슨 말을 하려는 거야?"

"야구방망이로 때려죽였어요. 아무튼, 갑니다! 나오지 마세요."

이기석 뒤돌아선 채, 손을 흔들었다.

"그, 그래."

한상훈의 얼굴색이 흙색으로 변하는 순간이었다.

♥

"김윤찬 선생님!"

그날 저녁, 업무를 마치고 퇴근하려는데, 한 남자가 발걸음을 멈춰 세웠다.

그는 대한일보 나정확 사회부 기자였다.

"어? 나 기자님?"

그와는 지난번에 대구 병원에서 심장을 이송할 당시, 동승했던 인연이 있어 난 한눈에 그를 알아볼 수 있었다.

"네, 오랜만이네요? 예전보다 훨씬 더 잘생겨지셨네? 이제 좀 태도 나는 것 같고."

나정확 기자가 내 몸을 훑어 내렸다.

"하하하, 여전하시네요. 잘 지내시죠?"

"아뇨, 잘 못 지냅니다."

나정확 기자가 고개를 내저으며 미간을 찌푸렸다.

"아이고, 왜요? 무슨 일이라도?"

"가뜩이나 요즘 세상이 조용해 건수도 없는데, 위에서는 특종 잡아 오라고 난리도 그런 난리 블루스가 없습니다. 달달 볶네요. 아주 미쳐 버리겠습니다."

나정확 기자가 어깨를 으쓱거렸다.

"그러시군요. 그러면 절 만나러 오실 것이 아니라, 사건 현장을 뛰어다녀야 하는 것 아닙니까? 경찰서나 법원 같은?"

"에이, 왜 이러시나! 사건은 경찰서나 법원에만 있습니까? 병원도 빠질 순 없죠."

나정확 기자가 뱁새눈을 뜨며 말했다.

"무슨 말씀이신지 잘 이해가 되지 않는군요?"

"에이, 그러시지 말고 저랑 건설적인 대화 좀 나눠 보시죠?"

나정확 기자가 팔꿈치로 내 옆구리를 툭 건드렸다.

"무슨 소리를 하시는 건지 모르겠군요."

"음, 아무튼 자세한 건 좀 있다 하기로 하고, 식전이시면 저랑 같이 설렁탕이나 한 그릇 때립시다."

"아, 아뇨. 집에 가서 해야 할 일이 많아서요."

"에이, 자꾸 이러시깁니까, 우리 사이에?"

나정확 기자가 비릿한 미소를 흘렸다.

"글쎄요? 무슨 말씀을 하시는 건지 모르겠군요."

모를 리가 있는가?

변상엽 환자 사건의 냄새를 맡은 것이 틀림없었다.

그렇다면?

"괜히 시치미 떼지 마시고 살짝만 흘려 주시죠. 우리가 생사고락을 같이한 사이 아닙니까?"

"……좋아요. 그럼 식사는 됐고, 이 근처에 놀이터가 하나 있는데, 거기서 음료수나 한잔합시다."

"콜! 좋습니다. 음료수는 제가 사죠."

"그러시든가요."

잠시 후.

"캔 맥주?"

편의점에 들른 나정확 기자가 냉장고에서 맥주 캔을 꺼내 들었다.

"전, 바나나 우유를 좋아합니다."

"하하하, 바나나 우유요?"

"네."

"하여간, 취향도 독특하셔."

그렇게 난 나정확 기자와 함께 동네 놀이터로 향했다.

인근 놀이터.

"……그, 그 소문이 정말 사실이었습니까?"

풋, 나정확 기자가 마시고 있던 맥주를 뿜었다.

"그렇습니다."

"저, 정말 변상엽 선수가 연희병원에 입원했었단 말이죠?"

나정확 기자가 못 믿겠다는 듯이 되물었다. 역시나 대충 찔러보자는 얄팍한 기자의 촉이었나 보다.

"네, 맞습니다."

"그럼 선생님의 말이 맞는다면, 맨유 메디컬 테스트를 앞두고 변상엽 선수가 연희병원에 입원했고, 수술로 폐를 잘라 냈다는 말입니까?"

나정확 기자가 주섬주섬 펜과 노트를 꺼내 들었다.

"그렇습니다."

"……와아, 그럼 항간에 떠도는 그 소문이 정말 사실이었군요. 그러니까, 담당 집도의가 변상엽 선수의 동의도 없이 멀쩡한 폐를 잘라 냈고, 그럼으로써 맨유행은 물 건너갔다. 이에 변상엽 선수 에이전트가 소송을 제기한 거다? 와, 이거 시나리오가 딱딱 맞아 들어가는군요?"

"……."

"사실, 급물살을 타던 맨유 입단 절차가 덜컥거린다는 소문이 있었거든요. 선생님 말이 사실이라면 이해가 됩니다!"

나정확 기자가 입에 게거품을 물며 흥분했다.

"네, 다른 모든 건 사실이나, 멀쩡한 폐를 잘라 내진 않았습니다."

"그게 무슨 말씀이십니까?"

"멀쩡하지 않은 폐였습니다."

"……그렇다면 변상엽 선수가 진짜 폐암을 앓고 있었다는 겁니까?"

"……네, 그렇습니다."

"근거는요?"

"있지만, 지금은 오픈할 수 없습니다."

"하하하, 이거 왜 이러십니까? 기자 생활 원투 데이 하는 것도 아닌데, 괜히 뺑기 치시는 거 아닙니까?"

나정확 기자가 눈매를 좁히며 말했다.

"과연 그럴까요?"

"네??"

"자신이 없었으면, 이 얘기를 기자님께 꺼내지도 않았을 겁니다. 안 그렇습니까? 제가 제 입으로 제 목을 조를 이야기를 할 리 없잖습니까?"

"흐음, 저도 왠지 너무 쉽다 했습니다. 이 정도 사이즈면 선생님이 감당할 사건이 아닌데 말이죠?"

"기자님, 그래서 말인데, 이번에 초대박 특종 하나 물어 가시겠습니까?"

"트, 특종이요?"

"네, 그렇습니다. 특종도 그냥 특종이 아니라 메가급이 죠."

"그, 그게 뭡니까?"

꿀꺽, 메가급 특종이란 소리에 나정확 기자가 마른침을 삼켜 넘겼다.

잠시 후.

"김윤찬 선생, 이거 정말 감당할 수 있는 겁니까?"

"선택은 기자님의 몫입니다."

"하아, 이거 상대는 천하의 변상엽 선수라고요. 만에 하나 잘못되면 나도 김윤찬 선생도 이겁니다."

나정확 기자가 손날로 목을 긋는 시늉을 했다.

"그러니까 기자님의 몫이라는 겁니다. 언제까지 평기자로 계실 겁니까. 이번 기회에 승진하셔야죠."

"……분명, 근거가 있는 거 맞죠?"

"그 판단도 기자님의 몫입니다. 다만, 하이 리스크, 하이 리턴!"

"꽝패 들고 블러핑하는 건 아니고요?"

"때로는 한 끗이 장땡을 잡는 게 도박판 아닙니까?"

"젠장, 그러니까 더 불안해지네."

나정확 기자가 입맛을 다셨다.

"어떻게 하실래요?"

"아, 알았어요. 좋아요! 묻고 따블로 갑니다! 까짓것, 죽기 아니면 까무러치기지. 남들 다 하는 거 쫓아가 봐야 2등이지! 한번 해 보자고요."

"잘 생각하셨습니다. 기자님, 승진 축하합니다!"

"승진? 당최 이게 무슨 말인지. 아무튼, 의학적인 건 내가 잘 모르니깐 자료 정리해서 넘겨줘요. 바로 쏠 테니까."

"네, 이미 환자의 동의는 구했으니, 조만간 정리해서 보내 드리겠습니다."

그리고 며칠 후, 온 세상이 발칵 뒤집혔다.

연희병원의 흉부외과 전문의 이기석 교수! 6천만 파운드짜리
변상엽 선수를 살리다!

대한일보 나정확 기자의 단독 보도.

의사 자신이 소송에 휘말릴 가능성이 있음에도 불구하고, 오직 환자만을 위해 수술을 집도했다는 감동(?)적인 기사였다.

변상엽 선수 폐 수술에 관한 온갖 추측성 기사들뿐이었던 상황인지라, 나정확 기자의 기사는 충격 그 자체였다.

"지, 지금, 이게 무슨 상황입니까? 당신들 제정신입니까? 우리 상엽이에 관한 건, 모두 일급 비밀이라는 거 몰라요?

게다가, 이 수술이 성공적이었다고요??"

소식을 접한 에이전트 대표 왕정표가 거칠게 넥타이를 풀어 헤쳤다.

"……저, 저희도 잘 모르겠습니다. 왜 이런 기사가 나갔는지."

허풍선 과장이 영문을 알 수 없다는 듯이 눈만 깜박일 뿐이었다.

"아니, 과장님! 그걸 지금 말씀이라고 하시는 겁니까? 과장님이 모르면 도대체 누가 안다는 겁니까? 이거 어떻게 하실 겁니까? 네? 지금 상엽이는 맨유 메디컬 테스트를 앞두고 있다는 거 모르십니까!!"

흥분한 왕정표의 눈이 튀어나올 것만 같았다.

"……죄송합니다. 일단 사태 파악부터 해 볼 테니까, 진정하십시오."

"당신들 같으면 진정할 수 있겠습니까? 아무튼, 이, 이거 제대로 수습 안 되면 알아서 하십시오. 절대로 가만두지 않을 테니까!"

왕정표 대표가 머리카락을 흩트리며 바닥에 신문을 내던졌다.

"아, 알겠습니다. 파악되는 대로 연락 드리겠습니다."

"빨리요! 최대한 빨리 해결 방안을 들고 오십시오. 저, 그렇게 참을성이 많은 사람 아닙니다. 네?"

쾅, 왕정표 대표가 거칠게 문을 열고 밖으로 나갔다.

❤

허풍선 과장실.

당황한 허풍선 과장은 대한일보에 직접 연락을 취했고, 해당 기사 의료 자문이 나, 김윤찬임을 알고야 말았다.

"기, 김윤찬이! 너, 당장 내 방으로 올라와! 빨리!!"

극도로 흥분한 허풍선 과장이 나를 호출했다.

"과장님, 김윤⋯⋯."

와장창, 문을 열자마자 허풍선 과장이 자신의 명패를 집어던졌다.

"너, 이 새끼! 잘한다, 잘한다 해 줬더니 이제 머리 꼭대기 위에 올라서려고 해? 너 미쳤어? 옷 벗고 싶어서 환장한 거야?"

허풍선 과장이 밑도 끝도 없이 달려와 내 멱살을 움켜쥐었다.

"과장님, 진정하십시오. 일단, 어떻게 된 일인지 자초지종은 파악해야 할 것 아닙니까?"

그 순간, 한상훈 교수가 내 멱살을 잡고 있던 허풍선의 팔을 지그시 눌러 내렸다.

"전공의 나부랭이 말을 들어서 뭐 해? 자기도 수술에 관여

했으니 면피라도 해 보려고 언론에 터뜨린 거 아냐? 병원은 어떻게 되든 말든!"

여전히 화가 풀리지 않은 듯 씩씩거렸다.

"김윤찬 선생! 과장님 말이 맞나?"

한상훈 교수가 경멸의 눈초리로 나를 노려봤다.

"전, 있는 그대로 사실대로 자문을 해 줬을 뿐입니다. 이기석 교수님은 의사로서 하실 일을 하셨고, 환자 고지 의무 위반 사항은 그 자체로 책임을……."

"너 따위가 무슨 책임을 운운해! 네가 무슨 대단한 사람이라도 되는 줄 알아?"

"가만히 계십시오, 과장님!"

허풍선 과장이 한상훈 등 뒤에서 삿대질을 하자, 한상훈 교수가 이를 제지했다.

"……좋아, 김윤찬 선생이 모든 책임을 지겠다는 건가?"

한상훈 교수가 입술을 씰룩거렸다.

"네, 책임질 일이 있으면, 책임을 지고 칭찬을 받을 일이 있으면 칭찬을 받겠죠."

"김윤찬 선생, 무모한 건가, 아니면 멍청한 건가? 지금 자네가 무슨 짓을 저지른 건지 모른다는 건가?"

한상훈 교수가 한심하다는 듯이 눈매를 좁혔다.

"글쎄요, 전 제가 해야 할 일을 했을 뿐입니다."

"아, 아니, 저 인간이 터진 입이라고 지, 지금 그걸 말이라고 하는 거야? 당장 꺼져! 꼴도 보기 싫으니까!"

허풍선 과장이 게거품을 물며 삿대질을 했다.

"……아무튼 이 모든 게, 김윤찬 선생의 짓이라는 건 팩트
지?"

한상훈 교수가 기사가 실린 신문을 내보였다.

"네, 그렇습니다."

"흐음, 이젠 확실하군. 그 무모함이 김윤찬 선생의 목숨을
재촉하게 될 거야."

띠리리링.

그 순간, 전화벨 소리가 울렸다.

─과장님, 지금 변상엽 환자 병실로 가 보셔야 할 것 같은
데요?

"왜? 무슨 일이 터진 거야?"

─그건 저도 잘 모르겠습니다. 병실에 다들 모여 있는 것
같은데, 잘은 모르겠지만 심각한 것 같습니다.

"뭐, 뭐라고? 젠장, 터질 게 터진 모양이군. 알았어!"

─아, 그리고 흉부외과 김윤찬 선생도 꼭 데리고 오시라는
군요.

"김윤찬을? 누가?"

─누구긴요, 원장님이죠.

"하아, 이거 완전 망했군. 알았어, 곧 간다고 해!"

─네, 알겠습니다.

"왜요? 원장님이 찾으십니까?"

전화를 끊자 한상훈 교수가 물었다.

"그래, 아무래도 일이 커진 모양이야. 저 인간도 데리고 오라고 하더군."

허풍선이 나를 가리키며 손가락을 흔들었다.

"김윤찬 선생을요?"

"그래, 사실 확인을 하려나 보지."

"……."

"김윤찬이! 너, 오늘로 옷 벗는 줄 알아. 당장, 변상엽 환자 병실로 올라가! 꼴도 보기 싫으니까."

허풍선 과장은 짜증이 나는 듯, 손을 내저었다.

"네, 알겠습니다."

변상엽 VVIP 병실.

난 허풍선 과장, 한상훈 교수와 함께 변상엽 선수의 병실로 올라갔다.

문을 열고 들어가니 변상엽 선수는 물론, 장태수 원장, 고함 교수 그리고 변상엽 에이전트까지 와 있었다.

"원장님, 저희 왔습니다."

"쉿! 허 과장, 잠시만요. 지금 화상 통화 중입니다."

"화상 통화요? 무슨 화상 통화를 말씀하시는 겁니까?"

"저기 봐, 자네도 알고 있는 사람이잖나?"

병실 한쪽 벽면에 설치된 컴퓨터 모니터에 캠브리지대학 부속병원 제이든 교수의 모습이 비쳤다.

"저분이 왜?"

"그건 차차 설명하기로 하고, 일단 조용히 지켜보자고."

"아, 네."

허풍선 교수가 어리둥절한 표정을 지으며 한상훈을 쳐다보자 그 역시 마찬가지 표정이었다. 한상훈이 고개를 내저으며 허 과장과 같은 심정임을 표시했다.

−최종 네 차례에 걸친 정밀 검사 결과……. 귀 병원에서 의뢰한 스페시맨(검체)의 최종 판단은 악성종양임이 확인……. 따라서 귀 병원의 종양 제거 수술은 타당한 근거에 의한 적절한 조치였다는 것이 저희 캠브리지 병리 연구소의 소견입니다. 개인적으로 첨언을 하자면, 한국 흉부외과의 수준이 이 정도일 줄은 꿈에도 몰랐군요. 김윤찬 선생이 보낸 검체를 검사한 결과, 우리도 1, 2차 검사에선 양성종양이라는 판단을 내렸습니다. 이기석 교수, 김윤찬 선생의 탁월한 식견에 경의를 표하는 바입니다!

모니터에서 흘러나오는 목소리. 분명 제이든 교수의 육성이 틀림없었다.

아무튼 요는 연희병원의 병리 검사 결과를 뒤집는 소견이라는 것.

"한상훈 교수! 지금 이게 무슨 뚱딴지같은 소리야? 기, 김윤찬이 무슨 검체를 보냈다는 거야? 자네도 몰랐나?"

허풍선 교수가 한상훈의 귀에 대고 속삭였다.

"······네, 저, 전혀 몰랐습니다."

"도대체 일이 어떻게······."

"이번 소송은 없던 걸로 하겠습니다. 이기석 교수님, 그동안 제가 무례를 범했다면 용서해 주십시오."

그 순간, 변상엽 선수와 왕정표 에이전트가 일어나 이기석에게 정중히 사과했다.

"아닙니다. 환자 고지 의무를 다하지 못한 건 분명 제 불찰입니다. 그 부분에 대해선 제가 책임을 지도록 하겠습니다."

"아, 아니에요. 책임이라뇨? 자칫 선수 생명이 끝날 뻔했는데, 교수님이 살려 주신 겁니다! 선생님은 제 생명의 은인이십니다. 어떻게 은혜를 갚아야 할지 모르겠습니다!"

변상엽이 양손을 내저었다.

"하하하, 아뇨. 은혜를 꼭 갚고 싶다면, 제가 아닌 저기 계신 김윤찬 선생한테 하셔야 할 것 같은데요?"

이기석 교수가 손가락으로 날 가리켰다.

"네네! 알고 있습니다. 김윤찬 선생님이 끝까지 절 잘 보살펴 주셨습니다! 게다가 김윤찬 선생님 아니었으면, 제가 천하의 배은망덕한 놈이 될 뻔했죠."

"그게 무슨 말씀이십니까?"

장태수 원장이 궁금한 듯 물었다.

"김윤찬 선생이 그러더군요. 실수로 한 골 먹었다고 수십 차례 선방한 골키퍼를 비난할 수 있겠냐고요."

"허허허, 우리 이윤찬 선수가 그랬습니까?"

"네, 게다가 결과적으로 게임도 이기지 않았습니까? 이 모든 결과는 골키퍼가 제 몫을 충분히 해 준 덕분이라고 하더군요. 제가 해트트릭을 했어도 골키퍼의 선방이 없었으면 4대 3으로 졌을 거라고."

"후후후, 멋진 비유군요."

"네, 제가 생각이 짧았습니다. 절 다시 돌아볼 수 있는 계기가 되었어요. 그저 분에 넘치는 대우에 자만에 취해 있었습니다. 이번 기회에 좀 쉬면서 체력도 기르고 마음 씀씀이도 길러야겠습니다. 축구를 할 수 있는 것만 해도 얼마나 감사한지 모르겠어요. 두 분, 너무 감사합니다!"

변상엽이 나와 이기석 교수를 향해 허리를 굽혀 정중히 인사했다.

"하하하, 이런 걸 전화위복이라고 합니까? 하마터면 우린 최고의 써전과 세계 최고의 골잡이를 잃을 뻔했잖습니까? 다행입니다, 다행!"

장태수 원장이 목젖이 보이도록 환하게 웃었다.

"그러게 말입니다!"

"이기석 교수, 정말 고생 많이 하셨습니다. 김윤찬 선생도 정말 대견해요! 정말!"

툭툭, 장태수 원장이 나와 이기석 교수의 등을 두드려 주었다.

"원장님, 설마 등 두드려 주시는 걸로 퉁 치시려는 건 아니시죠?"

고함 교수가 덥수룩한 턱수염을 매만지며 눈을 흘겼다.

"당연하지요. 상 받을 일을 했으면, 상을 줘야지요. 이사장님과 상의해서 적당한 포상을 할 생각입니다."

껄껄껄, 장태수 원장이 흡족한 듯 박장대소했다.

"윤찬 선생, 지금이 절호의 찬스야. 부를 때 크게 불러!"

고함 교수가 입맛을 다셨다.

"아, 네. 생각해 보겠습니다. 그나저나 변상엽 선수, 저와의 약속은 지켜 주시는 거죠?"

"물론이죠. 백번인들 못 하겠습니까? 당연히 약속은 지키겠습니다."

변상엽 선수가 고개를 크게 끄덕였다.

"무슨 약속인지?"

고함 교수가 궁금한 듯 물었다.

"흐흐흐, 알면 다치십니다! 뭐, 그런 게 있어요."

찡긋, 변상엽 선수가 나를 보면서 눈을 찡그렸다.

"……한 교수, 지금 내가 뭘 들은 거야? 김윤찬이 뭘 보내?"

얼굴이 하얗게 질린 허풍선이 말을 더듬었다.

"아무래도 김윤찬 선생이 변상엽 환자 검체를 캠브리지에 보낸 것 같습니다."

"뭐, 뭐라고? 그럼 당신은 뭘 하고 있었던 건데?"

"……죄송합니다."

한상훈이 어금니를 악다물었다.

"죄송하다면 답니까. 지금 그, 그게 흉부외과 수장인 나한테 할 소립니까? 개망신도 이런 개망신이……. 아무튼 나중에 좀 봅시다!"

허풍선이 입술을 잘근거리며 침통한 표정을 지었다.

며칠 전.

"교수님, 들어가도 되겠습니까?"

난 코너에 몰린 이기석 교수를 찾아갔다.

"네, 들어와요."

"그냥 이렇게 아무런 대책도 없이 당하실 겁니까?"

"허허, 그럼, 내가 뭘 할 수 있겠습니까?"

"답답하군요. 이런 일이 일어날 것이란 걸 모르셨습니까?"

"뭐…… 어느 정도 예상은 했습니다만."

"그럼 왜……."

"왜 집도했냐고요?"

"그렇습니다!"

"그럼 김윤찬 선생은 왜 끝까지 날 말리지 않았습니까? 왜 퍼스트에 서셨던 겁니까?"

"전, 교수님의 판단을 믿었기 때문입니다."

"그래요. 저도 비슷해요. 쪽팔려서 그랬습니다."

"네? 그게 무슨 말씀이십니까?"

"폐가 썩어 문드러져 가고 있는 환자, 그깟 소송이 무서워서 가슴을 닫는 게 왠지 비겁하다 느껴졌으니까요. 모양 빠지잖습니까?"

"……."

"네, 우리 어머니가 그렇게 돌아가셨으니까. 단순 폐렴이라고 했는데 아니었더군요."

이기석 교수의 입가에 쓴웃음이 걸렸다.

"그래서 어떻게 하시겠다는 겁니까? 이대로 소송에 휘말리실 생각입니까?"

"뭐, 어떻게 하겠습니까? 이제부터라도 대응을 해 봐야겠지요."

"무모하신 겁니까, 대담하신 겁니까?"

"후후후, 아님 뭘 할 수 있는 게 있을까요?"

"……있으면요?"

"좋지요, 빠져나갈 수 있는 방법이 있다면야."

이기석 교수가 대수롭지 않다는 듯이 어깨를 으쓱였다.

"어휴, 이렇게 대책 없는 사람을 내가 도와야 하나? ……자, 이걸 좀 보십시오."

난 이기석 교수에게 노란 봉투 하나를 내밀었다.

"캠브리지 병리학 연구소? 이게 뭡니까?"

이기석 교수가 서류 봉투 표지에 적힌 발신인을 확인했다.

"일단 내용물부터 확인해 보시죠."

"흐음, 도대체 무슨 소린지?"

이기석 교수가 서랍을 열어 편지 칼을 꺼내 봉투를 뜯고는 내용물을 확인하기 시작했다.

"제이든 교수님이 보낸 자료입니까?"

잠시 후, 내용물을 확인한 이기석 교수가 상기된 표정을 지었다.

"정확히 말하자면, 변상엽 환자의 스페시맨(검체) 분석 결과죠."

"……악성종양이 맞다는 겁니까?"

"뭐, 보시다시피."

"그래서 수술 끝난 후에 검체를 달라고 했던 겁니까? 공부하겠다는 말은 핑계였고?"

그때 검체를 병리실에 넘기기 전에 내가 일부는 공부를 위해 따로 가져가 써도 되겠냐고 물었었다.

"네, 틀린 말은 아닙니다. 공부도 할 겸, 캠브리지에 보낸 거니까."

"허, 참! 설마, 절 위해서입니까?"

"워워, 김칫국을 너무 드시는군요. 저를 위해섭니다. 솔직히 저도 공범이라면 공범 아닙니까? 한상훈 교수가 어이없게 휴가를 쓰라고 하더군요."

"……내가 분명 건드리지 말라고 했는데?"

"아이쿠, 저를 위해서요?"

"뭐…… 모든 건 제가 책임진다고 하지 않았습니까?"

"누구 맘대로 교수님 혼자 책임을 지십니까? 저는 투명 인간입니까?"

"아, 그런 뜻은 아닙니다."

이기석 교수가 난감한 듯 얼굴을 붉혔다.

"그럼요?"

"……솔직히 김윤찬 선생, 저 별로지 않습니까?"

"뭐, 인간적으론 그렇습니다."

"인간적으로?"

"네, 인간적으론 좀 재수 없는 건 사실이잖습니까? 평소에 재수 없다는 소리 좀 듣지 않나요?"

"하하하, 대놓고 그런 말을 한 사람은 없는데."

"당연하죠. 좋은 집안에 최연수 교수 타이틀에 존스홉킨스 출신을 누가 대놓고 재수 없다고 하겠습니까? 저 말고."

"하하하, 그렇습니까?"

이기석 교수가 멋쩍은 웃음을 지었다.

"네, 인간적으로 좀 별론데, 의사로선 존경합니다."

"하하하, 엎드려 절받긴가?"

이기석 교수가 멋쩍은 듯 뒷머리를 긁적거렸다.

잠시 후.

"그래서 이걸 가지고 뭘 하겠다는 건가요?"

"당연히 우리의 판단이 옳았다는 것을 증명해야 하지 않겠습니까?"

"……네. 정말 고맙습니다. 나머지는 제가 알아서 하겠습니다."

"아뇨, 그냥 증명만 해서는 안 되죠."

"네? 그게 무슨 말입니까?"

"……교수님은 지금부터 지켜보시기만 하면 됩니다. 제가 교수님께 피아 식별이란 게 뭔지 똑똑히 보여 드리지요."

"네?"

"그냥 제게 맡겨 주시죠."

"뭘, 어떻게 하시겠다는 겁니까?"

"……두고 보시면 압니다. 생각보다 재미질 겁니다."

"도대체 무슨 말을 하는 건지……."

이기석 교수가 고개를 갸우뚱거렸다.

"결국, 이거였습니까, 계획이?"

변상엽의 병실을 나온 후, 이기석 교수가 내게 물었다.

"후후후, 이제 피아 식별 좀 되셨습니까?"

"피아 식별이라……. 제가 군대를 갔다 오지 않아서 그 뜻을 몰랐는데, 찾아보니 적군과 아군을 구별한다는 의미더군요."

"네, 맞습니다."

"그렇다면 대충 김윤찬 선생의 말이 맞는 것 같군요."

"그럼 됐습니다."

"……김윤찬 선생, 내가 보답을 좀 하고 싶은데, 원하는 것이 있으면 말해 보세요."

"글쎄요? 지난번에 먹다 만 양주 있잖습니까? 발렌테인 21년산?"

"아, 30년산이요."

"오늘 저녁에 그거나 마시러 가죠? 입에 착착 달라붙던데?"

"뭐라고요? 그게 다입니까?"

"아뇨, 그럴 리가요. 제가 교수님의 실력을 골수까지 쪽쪽 뽑아 먹을 생각이니, 딴생각 마시고 우리 병원에 남아 주십시오."

"딴생각? 그걸 어떻게?"

"봤어요, 책상 위에 있던 미국행 티켓!"

"봤군요."

"네, 그러니까 우리 병원에 남아 주세요. 고함 교수님이면 교수님과 좋은 파트너가 될 것 같군요!"

"그래요. 긍정적으로 검토해 보도록 하죠."

"그냥 하시죠? 이 정도면 싸게 막는 건데?"

"하하하, 아, 알았습니다. 술 한잔 하면서 좀 더 얘기 나눠 봅시다."

"네."

"그나저나 좀 전에 변상엽 씨랑 무슨 약속을 하셨던 겁니까? 말을 안 하던데?"

이기석 교수가 궁금한 듯 물었다.

"음……. 그것도 두고 보시면 알아요. 아마, 골칫거리 하나 깔끔하게 처리될 겁니다."

"골칫거리?"

"흐흐흐, 네."

라이벌전

흉부외과 의국.

"야, 윤찬아! 대박 사건! 대박 사건!"

이택진이 헐레벌떡 의국으로 뛰어 들어왔다.

"무슨 대박 사건? 전쟁이라도 났니?"

"인마, 그게 아니라 전쟁 끝났어! 이제 살았다!"

"전쟁이 끝났다니, 뜬금없이 무슨 소리야?"

차트를 살펴보던 홍순진 선생이 물었다.

"정호가 밥을 먹기 시작했어요."

"뭐? 뭐라고? 정호가 밥을 먹어?"

옆에서 도시락을 욱여넣고 있던 장대한 선배가 밥알을 사방으로 분사했다.

"……야, 장대한! 넌 꼭 전공의들 쉬는 데 와서 음식 냄새를 피워야겠냐? 하여간 민폐다, 민폐!"

"그럼 넌? 왜 차트를 의국에 와서 보냐?"

"나야, 뭐……. 우리 귀여운 윤찬이 보고 싶어서 글치!"

홍순진 선생이 나를 보며 눈을 찡그렸다.

"지랄한다! 아무튼, 그게 중요한 게 아니라, 정호가 밥을 먹기 시작했다잖아!"

장대한이 숟가락을 내려놓더니 한걸음에 이택진에게 달려갔다.

이정호.

나이는 7살.

팔로사징을 앓고 있는 개구쟁이 소년이었다.

하지만 수술을 앞두고 단식투쟁을 벌이며 전공의들의 애를 태운 녀석.

이택진의 말대로 전쟁은 전쟁이었다. 가뜩이나 면역력이 떨어진 녀석이 계속 단식투쟁을 할 경우, 자칫 수술을 못 할 수도 있었으니 말이다.

이에 이기석 교수는 전공의들에게 어떻게든 정호가 밥을 먹을 수 있게 만들라는 특명을 내렸다.

하지만 백약이 무효했다.

녀석이 좋아하던 포켓몬 카드도 소용없었고, 죽고 못 사는 파워레인저도 아무짝에도 쓸모가 없었다.

이에 정호를 맡고 있던 장대한 선배와 이택진은 하루하루 정호와 전쟁을 치를 수밖에.

따라서 정호가 밥을 먹는다는 건, 장대한과 이택진에겐 사막의 오아시스 발견 같은 소식이었으리라.

말 그대로 전쟁이 끝난 것이다.

"지자스! 너 진짜지? 거짓말이면 뒈진다."

흥분한 장대한의 입에서 밥알이 튀어나왔다.

"선배님, 쫌! 다 드시고 말하세요! 다 튀잖아요."

"죽을래? 그럼 받아먹으면 되잖아? 나 때는 선배가 흘린 밥알도 다 주워 먹었어."

"와~ 개고구마다. 어휴, 목맥혀!"

이택진이 어이없다는 듯이 가슴을 내리쳤다.

"됐고! 뭘 어떻게 했길래 정호가 밥을 먹었다는 거야?"

홍순진 선생이 장대한의 몸을 밀쳐 냈다.

"변상엽 선수가 왔다 갔어요. 이거면 뭐 게임 셋 아닙니까?"

누구나 그랬겠지만, 정호에게 변상엽 선수는 우상 같은 존재였다.

"변상엽 선수가?"

"네, 정호 병실로 직접 찾아와서 축구공에 사인도 해 주고, 한참 동안 같이 놀아 주다 갔어요."

"……와! 이제야 이해가 되네. 정호가 변상엽 선수를 되게 좋아하잖아?"

"그 정도가 아니라 좋아 죽죠! 이미 밥도 뚝딱 해치웠어요."

"캬~ 우리가 그렇게 지랄발광을 떨어도 안 되는 게, 이렇게 되네?"

장대한이 어이없다는 듯이 탄식했다.

"당연하죠. 놀랍게도 주사도 잘 맞아요."

"헐, 주사까지? 주사 놓으러 가면 어떻게 알았는지 침대 밑으로 기어들어 가던 녀석이?"

"그러게요. 안 아프냐고 물어보니까, 뭐라는 줄 아세요?"

"변상엽 선수가 울면 다신 안 온다고 했대요. 주사도 잘 맞고, 밥도 잘 먹어서 병 다 고치면, 운동장에서 같이 축구해 주겠다고."

"……세상에, 마상에! 엄마, 아빠도 안 되는 게 변상엽은 되는구나."

하아, 장대한이 혀를 내둘렀다.

"휴우, 뭐 모로 가도 서울만 가면 된다고 하잖습니까? 덕분에 우린 한시름 덜었죠."

"그래, 이기석 교수도 한숨 돌렸겠다. 보아하니 정호 같은 녀석은 처음인 것 같던데?"

"당연하죠. 천하의 이기석 교수가 땀을 뻘뻘 흘릴 정도였으니까요."

"좋아, 그건 그렇고, 변상엽 선수가 제 발로 걸어 들어갔을 것 같진 않은데 말이야. 누가 이런 만행을 저지른 거냐?"

장대한이 눈매를 좁히며 물었다.

"누구긴요, 저 새끼지."

이택진이 똥 씹은 표정으로 나를 가리켰다.

"김윤찬이?"

"네, 우리 과에서 이런 짓 할 놈이 저 인간 말고 또 누가 있겠어요?"

"김윤찬, 너 이리 와 봐."

장대한이 심각한 표정으로 나를 보면서 손가락을 까딱거렸다.

"네."

"아이쿠, 이 축복받을 새끼야. 내가 아주 너 때문에 몬산다, 몬살아!"

장대한이 내 목에 팔을 두르더니 머리카락을 흩트려 놓았다.

휴! 이제 대충 해결이 된 건가?

"이봐, 김 차사, 이 정도면 촛불 하나 더 켜도 되겠지?"

"당근!"

윤 차사가 팔짱을 낀 채 고개를 끄덕였다.

이기석 교수 연구실.

"이기석 교수, 내가……."

180도 뒤바뀐 상황, 모든 것이 바뀌어 버리자 한상훈 교수가 저자세로 나왔다.

"네, 알아요. 형도 살아야 했으니까요."

"……그게 아니라, 나로서도 어쩔 수 없었어."

"뭐, 그렇다고 하대요."

"그래, 나도 좀 더 널 서포트해 줬어야 했는데, 그러지 못해서 너무 미안해. 하지만 어쩌겠니, 아직은 힘이 없는걸."

"네네, 이해한다니까요."

"그래, 그렇게 생각해 준다니 고맙다. 역시, 대한민국은 네 그릇에 맞지 않는 곳이야. 미국으로 돌아가거든, 여기서 있었던 일은 다 잊어라. 역시, 넌 큰물에서 노는……."

"형, 저 미국 안 가요."

"어어, 어?"

"미국에 안 간다고요. 갑자기 여기가 좋아졌어요."

"어? 그, 그럼 내가 준 비행기표는?"

"아, 형이 사 준 퍼스트 클래스요?"

"어, 어."

"버렸어요. 티켓값은 제가 계좌로 쏴 드릴 테니까 문자로 찍어 주세요.”

“어? 어……. 알았어.”

“왜요? 제가 남는다니까 섭섭한 눈친데?”

“아, 아니야, 그럴 리가.”

“그쵸? 형도 내가 여길 남길 바라셨던 거야. 맞죠?”

“그, 그래.”

“고마워요, 형! 이 은혜는 여기 있는 동안 천천히 갚겠습니다.”

“하, 하하, 하하하! 으, 은혜는 뭘.”

한상훈 교수가 멋쩍은 듯 뒷머리를 긁적거렸다.

김윤찬의 설득으로 이기석 교수는 당분간 연희대학병원에 남기로 했다.

그로 인해 당연히 한상훈은 뻘쭘해졌겠지만.

♥

몇 개월 후.

환자 보랴, 곧 있을 전공의 평가에 대비하랴, 몸은 천근만근 파김치가 됐으며, 언제 머리를 감았는지 기억이 나지 않을 정도로 피폐한 하루하루를 보내고 있었다.

뭐, 시험이야 그럭저럭 준비가 없어도 큰 어려움은 없겠지만, 그래도 치프의 길은 험난하고 고되었다.

젠장, 치프까진 하지 말았어야 했는데…….

후회막심이었지만 어쩔 수 없었다. 난, 어느새 평범한 4년 차 치프로 돌아와 있었다.

흉부외과 당직실.

"요고! 요고! 요고!! 딱 걸렸어!"

당직실에서 컴퓨터 앞에 앉아 있는데 이택진이 내 양어깨를 짚었다.

"아, 아무것도 아냐."

화들짝 놀란 난, 모니터 전원을 꺼 버렸다.

"아니긴 뭐가 아니야? 지금 당장 모니터 부팅한다. 실시!"

"아무것도 아니라니깐."

"어휴, 내가 의학 실력은 너보다 못하지만, 이 분야는 타의 추종을 불허하지. 뭐야? 일본 거냐? 미국? 흑형 나오는 거야?"

이택진이 내 몸을 밀쳐 내며 비집고 들어왔다.

"아니래도. 내가 그런 걸 왜 봐?"

"그런데 뭘 그렇게 반찬 먹은 강아지처럼 놀라냐고. 딱 나와 보셔. 꿀리는 게 없으면 문제없잖아?"

"아, 진짜! 아무것도 아니라니까."

"그러니까 이 형아가 확인하겠다는 거 아니냐."

"별거 아니라니깐."

"뭐야? 존스홉킨스 의학 전문 커뮤니티?"

억지로 마우스를 뺏어 든 이택진이 고개를 갸웃거렸다.

"거봐, 별거 아니라고 했잖아."

"네가 존스홉킨스 의학 사이트는 왜 들어간 거야?"

"알 거 없어. 그냥 심심해서."

"야, 심심하면 흑형 나오는 야동을 보든가, 나랑 스타나 하지. 넌 이거 이거 지겹지도 않냐? 하여간, 진상이다 너도."

이택진이 한심하다는 듯이 나를 내리깔아 봤다.

"야동은 뭐, 별 감흥도 없고, 스타야 내가 어떻게 널 이기냐? 해 봐야 맨날 질 텐데."

"흠흠, 그렇긴 하지. 그나저나 무슨 글을 이렇게나 많이 올렸어?"

"뭐, 그냥."

"Shiv artist? 이게 네 닉넴이야?"

"어, 별거 아니니까 관심 꺼라."

"하여간 별짓을 다 해요. 쉬브 아티스트가 무슨 뜻인데?"

"뭐, 굳이 해석하자면 칼잡이?"

"지랄! 됐고! 너 지금 심심하다고 했지?"

"뭐, 그냥 시간이 좀 남아서."

"잘됐다. 그렇지 않아도 케이스 정리하느라고 죽겠는데 이거 Marfan 증후군하고 동맥판 개존증 케이스인데, 네가 좀 도와주면 안 되냐? 괜한 의학 전문 사이트나 들락거리지 말고, 응?"

이택진이 두툼한 서류 뭉치를 내밀었다.

"⋯⋯이거 분석해 보면 너한테 이로울 텐데?"

"인마! 나 이번 주 풀당이야. 지금 뵈는 게 없어, 졸려서. 진~짜 부탁 한 번만 하자. 지금 나한텐 잠이 가장 중요하다고, 응?"

"그래, 알았다. 놔두고 가."

"친구야, 땡큐! 나, 3번 수술방 가서 짱박힐 테니까 절대 깨우지 마라! 아이유가 입원한 거 아니면."

"⋯⋯진짜 아이유가 왔는데 안 깨우면?"

"그럼 죽는 거지. 아무튼 깨우지 마."

"야, 수술방에서 자는 거 안 무섭냐? 3번 수술방이면 테이블 데스도 여러 번 난 곳인데?"

"⋯⋯인마, 그러니까 네가 하수라는 거다. 반대로 말하면 지금 이 시간에 거기만큼 안전한 곳이 없다는 거지. 교수님들도 재수 없다고 그 방엔 잘 안 들어오잖아?"

하여간, 잔대가리 분야는 탑 오브 더 탑인 녀석이다.

"알았다. 가라."

"⋯⋯그래, 그럼 부탁한다."

"저승사자나 만나라!"

"오냐, 제발 저승사자가 여자였으면 좋겠다!"

"끝!"

탁.

잠시 후, 이택진이 나가고 난 후, 난 컴퓨터 앞에 앉아 존 스홉킨스 의학 사이트에 쓰던 글을 마무리 지었다.

❤

장태수 원장실.

"이기석 교수, 앉아요."

"네, 원장님."

장태수 원장이 이기석 교수를 자신의 방으로 불러들였다.

"이기석 교수가 우리 병원에 온 지 얼마나 됐지?"

"네, 이제 6개월 정도 된 것 같습니다."

"그러면 어느 정도 적응은 됐다고 봐도 되나요?"

"네, 조금씩 적응해 하고 있는 중입니다."

"그래요. 불미스러운 일은 있었지만, 이기석 교수의 실력이면 충분히 만회하고도 남아요."

"네, 최선을 다하도록 하겠습니다."

"그건 그렇고 미국에 계신 아버님은 어떠십니까?"

이기석 교수의 부친, 이상기.

대한민국 현대 의학의 토대를 이룬 명의로, 의료계의 거물 같은 분이셨다.

그는 고령에 지병의 악화로 미국으로 건너가 여생을 보내고 있었다.

이기석 교수는 그런 이상기의 늦둥이이자 혼외자였던 것.

"네, 그럭저럭 기력을 찾아 가고 계십니다."

"그렇군. 우리나라 의료계에 큰 족적을 남기신 분인데……. 빨리 완쾌되셨으면 좋겠구먼. 조만간 이사장님이 한번 뵈러 간다고 하시더군요. 아마 그때 나도 동행하게 될 겁니다."

"네, 형님들이 모시고 계시니, 조만간 쾌차하실 겁니다."

"그래, 그래야죠. 아, 그건 그렇고. 다름이 아니라 상의할 게 있어서 이 교수를 불렀어요."

"말씀하시죠."

"이번에 고국대에 마틴 스콜스 교수가 온다는 소식입니다."

고국대는 연희대와 매년 정기 연고전 또는 고연전을 벌일 만큼, 라이벌 대학이었다.

"마틴 스콜스 교수님이요?"

존스홉킨스대학의 흉부외과 교수이자 전 세계적으로 명성을 얻고 있는 최고의 석학.

심혈관 관련 모든 이론은 그의 손에 의해서 시작돼 완성되었다고 해도 과언이 아니었으며, 지금도 그가 쓴 '심장학'은 의학계의 바이블로 여겨질 만큼 전 세계적으로 추앙받는 인물이었다.

"이 교수도 잘 알고 있죠?"

"잘 아는 건 아니고, 교수님이셨으니 안면이 있는 정도입니다."

"흐음, 그래서 말인데…….."

장태수 원장이 조명에 번들거리는 이마를 만지작거렸다.

"마틴 교수님이 고국대에 방문한다는군요."

"음, 마틴 스콜스 교수님은 원래 외부 노출을 극도로 꺼려하시는 분인데……."

"그러게 말입니다. 나도 그 소문은 익히 들어서 알고 있어요. 나도 마틴 교수를 실물로 본 적은 단 한 번도 없으니까."

"그러실 겁니다. 워낙 대인 기피증이 심하셔서 익숙하지 않은 자리를 좋아하시지 않으세요."

"아, 그래서 그러는데……. 마틴 교수 말입니다. 이 교수는 뭔가 알고 있는 게 있을까 싶어서 불렀습니다. 그런 세계적인 석학이 한국에 온다니 말이에요. 그것도 고국대에."

마틴 교수가 라이벌인 고국대를 방문한다는 것이 굉장히 부담스러웠던 모양이었다.

"교수님이긴 하지만, 워낙 사람 만나는 걸 꺼려 하시는 분이라 특별한 친분은 없습니다."

존스홉킨스의 인맥을 이용해 어떻게든 마틴 스콜스 교수를 연희대학으로 초빙하려는 장태수 원장의 의도를 간파하지 못할 이기석 교수가 아니었다.

"그렇군요."

장태수 원장이 아쉬운 듯 입맛을 다셨다.

"그나저나 그런 분이 왜 한국에 들어오시는 걸까요?"

장태수 원장이 고개를 갸웃거렸다.

"엑토피아 코르디스 환자 때문일 겁니다."

"엑토피아 코르디스라면 심장 전위증을 말하는 건가요?"

심장 전위증.

심장이 흉강 밖으로 튀어나온 선천성 심장 질환이었다.

보통 사람들의 심장은 흉강의 보호를 받도록 되어 있으나, 심장 전위증 환자는 흉강 밖으로 심장이 튀어나와 있기에 감염 혹은 적은 충격에도 치명적인 심장 손상을 입을 위험이 컸다.

일반적으로 1백만 명당 여덟 명의 꼴로 이런 심장 기형 신생아가 태어나고, 그 태어난 아이가 3일 이상 생존할 확률은 1백만 명당 한 명 정도의 확률로 희박했다.

"그렇습니다. 최근 마틴 교수가 심장 전위증에 굉장히 관심이 많죠. 그런데 고국대 소아심장 센터에 그 환자가 있는 걸로 알아요."

"바로 그거군! 나도 얼마 전에 기사를 본 적이 있어요. 심장 전위증을 가진 아이가 고국대 산부인과에서 태어났다고 하더군요!"

"그렇습니다. 대개 태어난 후 3일 이내에 사망하지만 이 아이는 지금 2주째 생존하고 있죠. 심장 전위증 환자 연구에 심혈을 기울이고 계시는 마틴 교수가 관심을 가질 만합니다."

"음, 희귀 케이스란 거지요?"

"그렇습니다. 마틴 교수가 그래서 한국에 입국한 것으로 생각되는군요."

"……음, 이제야 좀 이해가 되는군. 아쉽군. 그렇다면 마틴 교수가 우리 병원을 방문할 아무런 이유가 없겠어."

장태수 원장이 아쉬운 듯 입맛을 다셨다.

"아마 마틴 교수님의 빡빡한 스케줄 때문에 시간을 내시기 힘들 겁니다."

이기석 교수 자신이 할 수 있는 건 아무것도 없다는 무언의 표시였으리라.

"흐음, 알았어요. 할 수 없지."

"네, 도움을 못 드려 죄송합니다."

"아니에요. 이 교수도 잘 알지 못하는 교수라면서. 어쩔 수 없지요."

"네, 워낙 조심스러운 분이시라 조용히 계시다 가실 겁니다."

"알았어요. 이만 나가 보세요."

'젠장, 고국대 최 원장만 노났네.'

쩝, 여전히 아쉬운 듯 장태수 원장이 윗입술을 잘근거렸다.

♥

연희병원 응급실.

"응급 환자입니다!"

타타타탁.

119 구급대원들이 환자를 실은 스트레처 카를 밀고 안으로 들어왔다.

스트레처 카에 실려 온 건 30대 중반쯤으로 보이는 여자 환자였다.

대퇴골(허벅지 뼈)이 부러져 날카로운 뼛조각이 허벅지를 뚫고 나왔는지 허벅지는 이미 시뻘건 피로 물들어 있었고, 온몸에 타박상으로 인한 멍 자국이 선명했다.

설상가상으로 의식까지 희미한 듯 보였다.

"어떻게 된 겁니까?"

때마침 내가 응급실에 나와 있었기에 환자를 직접 확인할 수 있었다.

"네, 아무래도 계단에서 굴러떨어진 것 같습니다. 바이탈 65, 40, 180입니다. 위급합니다!"

수축기 혈압 65, 이완기 혈압 40, 맥박 180.

저혈압에 이를 보충하려는 발작성 빈맥이 틀림없었다.

구조대원이 벌게진 얼굴로 바이탈 수치를 설명했다.

"이쪽으로 옮기시죠!"

"네."

환자 얼굴에 멍? 이건 구타에 의해서 생긴 상처 같은데?

보통 계단에서 떨어지는 경우엔 본능적으로 얼굴을 감싸서 얼굴에 상처가 생기지 않기에 의심스러웠다.

"계단에서 굴러떨어졌다고요?"

"네."

"최초 발견자는 누굽니까?"

"아, 네. 남편분이 신고를 해서 싣고 왔습니다."

"남편분은 어디 계시나요? 당시 상황을 좀 더 정확하게 파악해야 하는데?"

"그러게요. 저희들이랑 같이 왔는데, 안 보이네."

구급대원이 이상하다는 듯이 주위를 둘러보았다.

"네, 일단 알겠고요. 응급조치는 했습니까?"

"네, 수축기 혈압이 50mmHg까지 떨어져서 에피네프린 투여했더니 조금 올랐습니다."

"네, 알겠습니다. 이쪽으로! 지혈부터 해야 할 것 같습니다."

"네, 알겠습니다."

구급대원들이 서둘러 여자를 응급실 베드에 눕혔다.

"김 선생, 체스트 포터블(이동식 가슴 엑스레이) 좀 부탁해요. 페리카디오 센테시스(심낭천자) 할 거예요. 탐폰(심낭압전) 보입니다!"

"어떻게 된 거야?"

응급의학과 조한선 선생이 헐레벌떡 뛰어왔다.

"네, 계단에서 굴렀다고 하는데, 아무래도 컴파운드 프렉쳐(복합 골절) 같은데요?"

복합 골절. 대퇴골이 부러지게 되면 칼날처럼 날카롭게 갈라지기 때문에 그 갈라진 뼛조각이 허벅지를 지나는 동맥과 정맥을 찌르게 되고 그로 인해 엄청난 피가 뿜어져 나올 수밖에 없었다.

이렇게 될 경우, 허벅지는 2~3리터 정도의 피를 쏟아 내게 되는데, 그로 인한 쇼크에 급사할 수 있는 절체절명의 상황을 맞는다.

응급 지혈 조치가 필요한 상황이었다.

"피가 너무 나는데?"

조한선이 심각한 표정으로 날 쳐다봤다.

"일단, 이머전시 트랜스퓨전(응급 수혈) 해서 급한 불은 껐는데, 문제는 장기 같아요. 여길 보세요!"

난 CT상에 검붉게 부풀어 오른 환자의 복부를 가리켰다.

"그러게. 이 정도면 스플린(비장)은 물론이고 간도 너덜너덜해졌을 것 같은데?"

"네, 맞습니다. 바로 응급수술에 들어가야 할 것 같아요. 근데 비장도 문제긴 하지만 심장 먼저 손을 대야 할 것 같습니다. 심낭천자를 했는데도 피가 멈추질 않아요!"

"젠장, 큰일이네! 아무튼, 내가 해야 할 일을 윤찬 쌤이 해줬네. 고마워."

"그게 중요한 건 아니고, 일단 우리 과 당직 교수님께 콜은 넣어 둔……."

"무슨 일입니까?"

말이 떨어지기가 무섭게 콜을 받은 흉부외과 이기석 교수가 응급실로 내려왔다.

"……여기 보시면 아시겠지만, 탐폰이 의심됩니다."

난 모니터에 나타난 심장 CT 사진을 가리켰다.

"맞군요."

CT 결과를 살펴본 이기석 교수가 고개를 끄덕였다.

"페리카디오 센테시스(심낭천자)를 했는데도 피가 멈추지 않습니다!"

"음, 천자를 했는데도 피가 멈추지 않는다면 바로 가슴 열어야겠군요. 일단, GS(일반외과)하고 정형외과에 콜 넣으시고, 수술방 바로 열어 달라고 해요! 아무래도 환자 상태를 봐서는 동시에 수술해야 할 것 같군요."

"네, 알겠습니다."

잠시 후.

"여보!!"

그 순간, 응급실로 뛰어 들어오는 한 남자. 정황상 여자 환자의 남편인 듯 보였다.

"선생님, 이게 어떻게 된 겁니까?"

남자가 망연자실한 표정으로 내 팔을 잡아당겼다.

술 냄새?

남자의 입에서 술 냄새가 진동했다.

게다가 손에 묻은 이 물기는 뭐야?

아내가 이 지경인데 손을 닦을 정신이 있었던 건가?

"보호자 되십니까?"

"네, 그렇습니다."

"아내분이 위급합니다. 지금 당장 수술 들어가야 하니까, 저쪽 데스크로 가서 수술 동의서에 사인해 주십시오."

"네에. 아, 알겠습니다."

아무튼, 어떻게 됐든 환자는 위급한 상황이었기에 곧바로 수술방으로 향할 수밖에 없었다.

몇 시간 후.

"박 교수님, 심장 쪽은 끝났습니다. 스플리넥토미(비장 절제술) 시작하셔도 될 것 같습니다."

심장 수술을 마친 이기석 교수가 마스크를 벗으며 말했다.

"오케이, 수고했어! 어휴, 이쁘게도 잘해 놨네. 아무튼 이기석 교수 실력 하나는 알아줘야 한다니까."

옆에서 심장 수술을 지켜보던 박상현 교수가 혀를 내둘렀다.

"별거 아닙니다."

"에이, 별거 아니긴. 완전 로봇 팔이던데? 아무튼 대단해."

박상현 교수가 이기석 교수를 향해 엄지를 추켜세웠다.

"과찬이십니다."

"과찬은. 아무튼 최근에 내가 본 칼잡이 중에 당신이 넘버 투야."

"하하하, 그렇습니까? 그럼 넘버 원은 누구시죠?"

"그거야 말해 뭐 해. 고함 교수지."

"……아, 네."

이기석 교수가 입가에 옅은 미소를 흘렸다.

"자! 그러면 이제 내가 나서야 할 차례인가?"

우두둑, 일반외과 박상현 교수가 목을 좌우로 돌려 보았다.

"네, 고생하십시오. 김윤찬 선생, 가지."

"네, 교수님."

수술은 잘 끝났고, 환자는 중환자실로 옮겨졌다.

"커피 한잔 괜찮아?"

"네, 좋습니다."

수술이 끝난 후, 난 이기석 교수와 함께 그의 연구실로 향했다.

"……교수님, 오늘 수술한 환자, 아무래도 보호자가 이상합니다."

"이상? 그게 무슨 말입니까?"

"아까 응급실에서 남편이란 사람을 만났는데, 입에서 술 냄새가 진동해서요."

"뭐, 회사에서 회식 같은 걸 했나 보죠."

별 대수롭지 않다는 반응이었다.

"아뇨, 슬리퍼에 트레이닝복 차림이었습니다. 아무래도 집에 있었던 것 같은데……."

"집에서 술 마시지 말란 법은 없지 않습니까?"

"그렇긴 하지만."

"우린 환자만 생각하면 됩니다. 괜히 환자의 사생활 영역까지 끼어들 필요 없어요. 윤찬 선생이 뭘 걱정하는지는 알겠지만, 우린 의사지 경찰이 아닙니다."

이기석 교수가 단호하게 선을 그었다.

"네, 알겠습니다."

"그나저나 윤찬 선생, 혹시 마틴 스콜스 교수라고 알아
요?"

"……흉부외과 써전치고 마틴 스콜스 교수님을 모르는 사
람이 있겠습니까?"

"후후후, 그렇죠?"

"그런데 그분은 왜요?"

"미국에 있을 때 제 은사님이신데, 얼마 전에 한국에 들어
오셨다고 하더라고요."

"정말입니까? 제가 알기론 워낙 베일에 가려진 분이시라
공개 석상에 모습을 잘 드러내시지 않는다고 하던데?"

"네, 좀 특이한 분이시죠."

"그런데 한국엔 무슨 일로?"

"뭐, 꼭 오셔야 할 이유가 있었던 거겠죠. 나도 자세한 건
모릅니다."

이기석 교수가 고개를 내저으며 모른 척했다.

"아, 네."

"교수님이 저녁이나 같이하자고 하시는데, 김윤찬 선생도
같이 가겠습니까?"

"정말 제가 가도 실례가 되지 않을까요?"

"가고 싶다는 뜻으로 들립니다?"

이기석 교수가 한쪽 입꼬리를 말아 올렸다.

"하하하, 그렇게 들리셨습니까?"

"얼굴에 다 써 있군요."

"헤헤헤, 네, 가고 싶습니다."

"좋아요. 그러면 마틴 교수님께 연락을 해 두겠습니다. 내일 저녁 시간 괜찮습니까?"

"네, 다행히도 내일 휴무입니다."

"잘됐네요. 저도 오전 진료만 있으니까 오후에 만나서 제차로 같이 갑시다."

"네, 그러면 교수님 퇴근 시간에 맞춰 병원으로 오겠습니다."

"노노, 그럴 필요 없어요. 가뜩이나 피곤에 쩔어 있는 사람한테 그럴 수야 있나요. 내가 퇴근하고 집 근처로 데리러 가겠습니다."

"안 그러셔도 됩니다."

"아뇨, 그냥 내가 하고 싶어서 그럽니다."

"아, 네. 감사합니다."

"그래요. 내일 집 근처에서 봅시다."

"네, 교수님! 그럼 전 중환자실에 내려가 보겠습니다."

"그래요. 수고해요."

"네, 교수님도 고생하셨습니다. 좀 쉬십시오."

"후후후, 그래요."

축구로 치자면 리오넬 메시, 야구로 치자면 커쇼급인 마틴 스콜스 교수와의 저녁 식사라……

마다할 이유가 있겠는가?

❤

JM에머럴드호텔.

마틴 교수는 자신이 묵고 있던 5성급 호텔 에머럴드로 이기석 교수와 나를 초대했다. 정확히 말하면 이기석 교수만이었겠지만.

"오, 에릭! 어서 와."

이기석 교수의 미국 이름이 에릭인 듯했다.

머리부터 턱수염까지 은발인 마틴 교수가 이기석 교수를 반갑게 맞아 주었다.

"교수님, 안녕하세요."

"허허허, 이게 얼마 만인가?"

마틴 교수가 이기석 교수를 뜨겁게 포옹했다. 딱히 그 모습만 봐서는 소문으로 듣던 은둔의 괴짜란 느낌은 전혀 없었다.

"아직 1년도 되지 않았습니다."

"그런가? 난 한 10년쯤 지난 느낌이야. 앉지."

"네."

"그나저나 옆에 계신 분은?"

그제서야 내게 눈길을 주는 마틴 교수였다.

"저와 함께 일하고 있는 전공의 선생님입니다."

"아……."

더 이상의 추가 단어가 없는 외마디. 이건 분명, 예상치 못한 손님에 대한 특유의 경계심일 것이다.

"저를 많이 도와주는 친구입니다. 연차에 비해 실력도 뛰어나고요."

"그런가? 우리 에릭이 그렇게 봤다면 믿을 만하지. 그럼 앉지."

확실히 단순히 지도 교수와 학생의 관계는 아니었다. 두 사람 사이에 뭔가 깊은 교감이 있는 듯 보였다.

"네, 교수님."

그렇게 우린 자리에 앉았고 어색한 분위기 속에서 식사를 마쳤다.

"……고국대에 심장 전위증 환자가 입원해 있다는 소릴 들었습니다."

이기석 교수가 먼저 조심스럽게 말을 꺼내 들었다.

"그래, 이제 3주 된 신생아인데, 꿋꿋하게 버티고 있더군."

"그렇군요. 하지만 그렇게 오래 버티긴 어려울 텐데요."

"맞아, 자네도 알다시피, 수술을 하지 않으면 한 달을 버티기 힘들 거야."

마틴 교수의 표정에 근심이 가득했다.

자네도 알다시피?

결국, 이기석 교수 역시도 심장 전위증에 관심이 많았던 건가?

"교수님 말씀이 맞습니다. 안타깝게도 엑토피아 코르디스를 앓고 있는 신생아는 오래 살 수가 없죠. 보통은 초음파에서 심장 전위가 확인되면 중절 수술을 받죠. 설사, 출산을 한다 해도 열에 아홉은 사산하거나 출생 3일 이내에 사망하는 것이 보통입니다. 인펙션(감염)에 취약하고 하이포시믹 레스피어토리 페일리어(저산소혈 호흡부전)나 하트 페일리어(심부전)가 쉽게 오니까요."

이기석 교수의 상세한 설명, 이건 분명 내가 심장 전위증에 대해 무지할 거라 생각해 배려하는 것이다.

"자네 말이 맞네. 수술을 한다 해도 성공을 보장할 수 없는 일이야. 다만, 백만분의 1의 확률을 뚫고 기적적으로 생존한 아이라네. 이 아이의 놀라운 생에 대한 애착을 지켜 주기 위해서라도 어떻게든 살려야 하지 않겠나?"

"네, 저 역시 동감입니다. 반드시 살아서 심장 전위증을 앓고 있는, 앞으로 앓게 될 모든 사람들에게 희망이 되어 주었으면 좋겠습니다."

"그래서 말인데……."

이쯤에서 마틴 교수가 내 눈치를 보기 시작했다. 즉, 자리를 비워 달라는 의미였을 것.

"저, 잠시만 병원에 연락 좀 하고 오겠습니다."

내가 이를 모를 리 없었다.

"병원에요?"

"네, 어제 수술한 김순임 환자가 영 마음에 걸리네요."

"왜요? 무슨 문제라도 있답디까? 그러면 저도 같이……."

이기석 교수의 엉덩이가 반쯤 자리에서 떨어져 있었다.

"아, 아닙니다. 그런 게 아니라, 제가 그냥 노파심에 잘 계신지 걱정이 돼서요. 바이탈이나 체크해 보려고 합니다. 그냥 계셔도 됩니다!"

"아, 그래요? 그럼 다녀오세요."

"네, 교수님."

잠시 후.

"무슨 전화를 그리 오래 합니까? 환자한테 무슨 일이라도?"

한참을 늦게 들어오니 이기석 교수가 걱정이 되는 듯 물었다.

"아닙니다. 전화한 김에 이것저것 좀 확인할 게 있어서요."

"그렇군요. 앉아요."

"네, 교수님."

"에릭, 아무튼 내가 한 말은 다시 한번 생각해 봐."

그렇게 자리에 앉자 마틴 교수가 이기석 교수에게 말했다.

"네, 고민은 해 보겠지만, 쉽게 결정할 사안은 아닌 것 같습니다."

"알아. 이곳에 와서 얘기를 들어 보니 고국대하고 연희대가 그리 좋은 사이는 아닌 것 같더군. 쉽지 않은 일이겠지."

"그렇습니다. 이곳은 미국이랑은 또 다르니까요."

"알았네. 아무튼 타지에서 자네를 만나니 반갑구먼. 김윤찬 선생이라고 했던가요?"

식사를 하는 내내, 대화는커녕 눈길 한번 주지 않았던 마틴 교수가 물었다.

"네, 그렇습니다. 흉부외과 레지던트 4년 차 김윤찬이라고 합니다."

"그래요. 에릭이 김윤찬 선생 칭찬을 많이 하더군요. 앞으로도 에릭 교수 좀 잘 도와줘요. 만나서 반가웠습니다."

물론 큰 기대는 없었지만, 생각보다 상투적인 인사였다.

"네, 만나서 영광이었습니다."

"후후, 별 볼 일 없는 늙은이 만난 게 무슨 영광입니까? 아무튼, 다음에 기회가 되면 다시 또 봅시다."

"네, 교수님."

그렇게 우린 헤어졌다. 기약 없는 다음을 말하며.

"좀 섭섭했습니까?"

마틴 교수와 헤어지고 난 후, 돌아오는 차 안에서 이기석 교수가 물었다.

"아뇨, 괜찮습니다."

"원래 낯가림이 심한 분이라 그런 거니 김윤찬 선생이 이 해해 줘요."

"네."

"우습게 들릴지 모르겠지만, 마틴 교수가 김윤찬 선생한 테 관심이 많은가 봅니다."

"네? 그게 무슨 말씀이십니까? 식사 내내 단 한마디 말도 붙이지 않으셨는데요?"

"그러니까요."

"그게 무슨 말인지?"

"마틴 교수님, 모르는 사람이랑 절대 밥 같이 먹지 않아 요. 아마, 처음 본 사람이랑 끝까지 식사 테이블에 앉아 계신 게 이번이 처음일걸요."

"아, 네."

"게다가 다음에 또 보자는 말씀까지. 그건 저도 깜짝 놀랐 습니다."

"아⋯⋯."

"그만큼 마틴 교수가 김윤찬 선생한테 관심이 있다는 뜻일 겁니다. 그러니 오해하지 말아 줘요."

이기석 교수가 빙그레 웃었다.

"네, 알겠습니다."

"그나저나 집으로 갈 거죠? 난 볼일이 있어서 병원에 잠시 들러야 하는데."

"아뇨, 저도 병원으로 갈 겁니다. 집에 가도 별로 할 일도 없고 해서 차트나 정리해 두려고요."

"그래요? 잘됐군요. 그러면 일 다 보고 내 방에 잠시 들러요."

"아, 뭐 지시 사항이라도 있습니까?"

"좀 전에 마틴 교수와 무슨 얘기를 나눴는지 궁금하지 않습니까?"

"⋯⋯아, 그냥 별로요."

"후후, 궁금할 거라 생각했는데, 아무튼 난 알려 주고 싶으니까 내 방으로 오세요. 알았죠?"

"네, 그렇게 하겠습니다."

❤

잠시 후, 흉부외과 중환자실.

어제 수술을 받은 김순임 씨 상태가 궁금해 중환자실에 들러 상태를 확인하고 나오는데, 그의 남편 진정국이 중환자실 밖 의자에 널브러져 있었다.

근처만 가더라도 술 냄새가 진동할 만큼 술에 절어 있었다.

오늘도 술을 마신 건가?

"보호자님, 이곳에서 이러시면 안 됩니다."

"뭐, 뭐야?"

딸국, 진정국이 손을 내저으며 딸국질을 했다.

"이곳은 중환자실입니다. 감염 우려가 있으니까 밖으로 나가 주세요!"

"……뭐야? 병원이 나한테 해 준 게 뭐가 있다고 나가라 마라야? 어!"

진정국이 눈을 게슴츠레 뜨며 누런 이빨을 드러냈다.

"보안요원을 부르기 전에 나가십시오, 얼른!"

"놔, 놓으라고!!"

이건 뭐지? 손톱자국 같은데?

누워 있던 전정국의 팔을 잡아끌려는 순간, 그의 팔에 길게 생긴 흉터가 내 눈에 들어왔다.

"어휴, 아저씨! 여기서 이러시면 안 돼요! 도대체 어떻게 여길 들어온 거야?"

그 순간, 병원 보안요원들이 헐레벌떡 들어와 진정국을 잡아끌었다.

"여긴 중환자실입니다. 절대 술에 취한 사람이 들어오면 안 돼요!"

"네네. 선생님, 죄송합니다. 저희가 잠깐 한눈을 파는 사이에 그만."

보안요원들이 멋쩍은 듯 뒷머리를 긁적거렸다.

"네, 당장 이분 밖으로 내보내세요."

"아, 알겠습니다."

"놔! 놓으라고!!"

보안요원들이 바닥에 드러누워 버티는 진정국의 양팔을 잡아끌었다.

양쪽 팔에 난 손톱자국? 흉터의 깊이를 볼 때 분명 손톱이 긴 사람이 할퀸 자국인데…….

아무튼, 여러모로 수상한 사람이었다, 진정국이란 사람은.

이기석 교수 연구실.

"앉아요."

"네."

대충 업무를 마치고 연구실로 들어가니 이기석 교수가 기다렸다는 듯이 자리를 안내했다.

"김순임 씨, 상태는 괜찮습니까?"

"네, 맥박, 혈압, 호흡 다 양호합니다."

"다행이네요."

"전부 교수님이 수술을 잘해 주셔서 그런 듯합니다."

"천만에요. 김윤찬 선생이 어시를 잘 서 줘서 그런 거죠."

"과찬이십니다."

"아니에요. 내가 원래 좀 까탈스러운 사람인데, 그 어떤 전공의보다 김윤찬 선생과는 손발이 잘 맞는 것 같군요."

"감사합니다."

"그건 그렇고, 아까 했던 얘기를 좀 하자면 말이죠……."

이기석 교수가 좀 전에 마틴 교수와 했던 얘기를 하기 시작했다.

"아, 그런 일이 있었습니까?"

"네."

요는 이랬다.

심장 전위증을 앓고 있는 신생아를 미국으로 데리고 가 수술을 하려 했던 것.

하지만 아이의 상태가 극도로 좋지 않았고 미국으로 공수할 상황이 되지 못했던 모양이었다.

결국, 마틴 교수가 한국에서 직접 집도를 하려 했으나, 그를 어시스트할 고국대의 의료진이 맘에 들지 않았던 것.

마틴 교수가 익숙하지 않은 사람들과 같이 일하는 것을 꺼려 하는 성향이라는 것도 이유였겠지만, 고국대 의료진의 일

천한 경험이 더 우려스러웠던 모양이었다.

이에 마틴 교수가 이기석 교수에게 수술 참여를 권유했던 모양이었다.

"흐음, 걱정이군요. 제가 마틴 교수를 돕고는 싶지만, 병원에서 허락을 해 줄까 모르겠습니다."

이기석 교수가 턱 주변을 매만졌다.

"아마도 허락은 힘들 것 같군요."

연희대에서 메인 집도를 하는 것도 아니고, 단순히 수술 스태프로 자기 병원의 교수를 보낼 연희병원과 장태수 원장이 아니었다.

"저도 같은 생각이에요."

"……."

"교수님과 그 얘기를 나누느라 윤찬 선생한테 실례를 범했습니다."

"아닙니다. 전 괜찮습니다."

"아무튼, 그건 내가 풀 일이고, 그나저나 마틴 교수님이 한국에 온 이유가 하나 더 있더라고요."

"네, 어떤?"

"혹시 존스홉킨스 의학 전문 사이트, JHMES(Johns Hopkins Medical Education Site)이라고 아세요?"

"아, 네. 이름은 들어서 알고 있습니다만."

"네, 꽤 유명한 커뮤니티죠. 존스홉킨스 출신 졸업생과 재

학생 간의 친목 도모로 시작했는데, 이제는 전 세계 의료 종사자들의 정보의 바다 같은 곳이죠. 엄청난 데이터베이스가 축적되어 있고, 지금도 활발하게 의료 정보가 공유되고 있어요."

"네, 저도 그 정도는 알고 있습니다. 그런데 그게 무슨 문제라도?"

"그게 아니라, Shiv artist(칼잡이)라는 닉네임을 쓰는 회원이 있는데, 마틴 교수님이 그 회원을 애타게 찾고 계신다더군요. 아이피를 확인해 보니 한국으로 확인돼서 직접 이곳에 오셨나 봅니다."

"아……."

"네, 저도 쉬브 아티스트란 사람이 기고한 글을 읽어 봤는데, 심장 전위증 환자에 대한 의학적 깊이가 상당한 것 같더군요. 마틴 교수뿐만 아니라 저도 무척이나 보고 싶었거든요. 대단한 식견이었습니다!"

이기석 교수가 고개를 끄덕였다.

"쉬브 아티스트……."

"그래요, 우리말로 해석해 보면 칼잡이란 뜻인데, 닉네임으로 봐선 분명 외과의가 틀림없는데 말이죠. 한국에 있는 병원에서 근무하고 있을 테니, 의사협회에 문의를 해 봐야 할 것 같아요."

딸각, 이기석 교수가 마우스를 움직여 의사협회 홈페이지로 들어갔다.

"그 쉬브 아티스트란 사람을 마틴 교수가 찾고 있다는 거죠?"

"……단순히 찾겠다는 의미가 아닐 겁니다. 그 정도로 마틴 교수가 움직일 사람은 아니니까."

딸깍, 이기석 교수가 마우스를 움직이며 답했다.

"연락처가 어디 있나?"

"…….'

"웬만한 일엔 모습을 드러내지 않는 분이 마틴 교수예요. 그런 마틴 교수가 움직였다는 건 그 이상의 무언가가 있다는 거겠죠."

"그 이상의 무언가라면요?"

"마틴 교수를 움직이게 할 수 있는 건 단 하나! 마틴 교수 스스로 무언가 배울 게 있다고 느낀 거겠죠. 자기의 부족함을 메워 줄. 그거 말고는 마틴 교수가 움직일 이유가 없죠."

"그런 세계적인 석학이 뭘 더 배울 게 있을까요?"

"그건 우리 생각일 뿐입니다. 마틴 교수님이 JHMES를 만드신 이유도 전부 이것 때문입니다. 초야에 묻혀 있는 고수를 찾아다니는 느낌이랄까? 아무튼 그 쉬브 아티스트란 사람이 누군지 알아는 봐야겠어요."

"교수님…… 잘하면 그 아이 수술, 교수님이 하실 수도 있겠는데요?”

“그게 무슨 소립니까? 좀 전까지만 해도 내가 고국대 수술팀에 들어가는 건 불가능하다고 했잖아요?”

이기석 교수가 들고 있던 마우스를 놓으며 물었다.

“꼭 교수님이 가실 필요는 없잖습니까?”

“네? 내가 갈 필요가 없다고요?”

“네, 환자를 우리 병원으로 데리고 오면 되잖아요.”

“그거야 당연하죠. 환자를 데리고 오면 돼…… 뭐라고요?”

이기석 교수가 깜짝 놀라 말을 더듬었다.

연희병원 장태수 원장 집무실.

“이기석 교수! 당장 내 방으로 올라오세요.”

장태수 원장의 흥분된 목소리가 수화기를 뚫고 나갈 것 같았다.

─네, 원장님!

장태수 원장이 황급히 이기석 교수를 자신의 방으로 호출했다.

“어? 마틴 교수님!”

원장실 문을 열고 들어가니, 뜻밖의 인물이 소파에 앉아 있는 것이 아닌가?

'당신이 왜 여기서 나와!?'란 표정의 이기석 교수였다.

"하하하. 에릭, 어서 와요. 아니지, 쉬브 아티스트, 어서 오세요!"

마틴 교수가 몸을 일으켜 세워 반갑게 이기석 교수를 맞이했다.

"쉬브 아티스트? 그게 무슨 말씀이십니까?"

"이기석 교수, 어서 와요! 모든 사정은 마틴 교수님한테 들었습니다!"

"무슨 사정을 말씀하시는지?"

"……너무 겸손한 것도 예의에 벗어나는 겁니다! 마틴 교수가 그러시던데, 존스홉킨스 의학 전문 사이트에 이기석 교수가 쉬브 아티스트란 닉네임으로 글을 기고하고 있었다면서요?"

장태수 원장이 달뜬 얼굴로 물었다.

"하하하, 그래요. 장태수 원장님의 말씀대로 이젠 진실을 밝힐 때도 된 겁니다. 에릭이 쉬브 아티스트란 거 다 확인하고 왔어요."

"……아, 네."

"제가 무식해서 잘은 모르겠지만, 심장 전위증 환자 수술에 있어서 가장 중요한 것이 인공 심장막을 이식하는 것이라면서요?"

장태수 원장이 마틴 교수와 이기석 교수를 번갈아 쳐다보았다.

"그렇습니다. 인공 가슴뼈를 만들어 삽입하고 가슴에 난 구멍을 자신의 살로 메우는 과정도 중요하지만, 심장을 흉강 안으로 집어넣는 과정이 가장 중요하죠. 그 부분의 가장 큰 핵심이 바로 심장을 보호해 줄 막을 만드는 겁니다. 바로 그 부분에 관한 이론을 쉬브 아티스트, 아니지 이기석 교수가 체계화한 거죠!"

"……그냥, 조금이나마 도움이 될까 해서 올려 본 건데."

"하하하, 거봐요! 쉬브 아티스트가 이기석 교수 맞지 않습니까, 하하하!"

장태수 원장이 터져 나오는 웃음을 참지 못했다.

"역시 에릭이에요! 혹시나 에릭이 쉬브 아티스트가 아닐까 하는 희망을 가지고 한국에 왔는데, 정말 에릭이었군요!"

마틴 교수가 이기석 교수를 향해 엄지를 추켜세웠다.

"이봐요, 이기석 교수! 글쎄 말이야, 마틴 교수님의 수술 팀이 우리 병원에 캠프를 차리기로 했다네!"

"네? 무슨 캠프를?"

"무슨 캠프긴, 고국대에 있는 심장 전위증 환자를 우리 병원으로 이송하기로 했다니까!!"

장태수 원장의 얼굴이 달덩이같이 밝아졌다.

"정말입니까, 교수님?"

"당연하죠. 심장막 분야의 최고 써전이 있는 이곳에서 수술을 하는 것이 마땅하지 않습니까? 바로 당신이 있는 이곳에서!"

"아…… 그러면 고국대는요?"

"그건 내가 알아서 처리토록 하겠습니다. 환자를 살리는 것이 가장 중요한 일이니까요."

"맞습니다! 제가 고국대병원 원장과 통화했는데, 그쪽에서도 마틴 교수님의 뜻을 따르기로 했다는군요."

존스홉킨스와 전략적 제휴를 맺고 있는 고국대학교.

심장 전위증 수술을 타 병원에, 더욱이 연희병원에 양보하는 건 뼈아픈 일이긴 하지만, 그렇다고 해서 존스홉킨스와의 관계를 흩트려 놓을 순 없는 일이었다.

특히, 최근 존스홉킨스가 막대한 금액을 투자하기로 한 백혈병 치료 전문 센터 건립을 눈앞에 두고 있었으니까.

"그렇군요."

"이게 다, 이기석 교수가 힘써 준 덕이에요."

"아뇨, 제가 뭘."

"아니긴! 하여간 이기석 교수는 참 음흉한 사람입니다! 얼마 전까지만 해도 마틴 교수님을 잘 모른다면서요?"

장태수가 이기석 교수를 향해 눈을 흘겼다.

"아니, 그게……."

"어휴, 다 압니다. 이렇게 깜짝쇼를 연출하려고 그랬던 거죠? 하여간, 밉습니다. 사람을 이렇게 깜짝 놀라게 만들고."

"아…… 네."

"아무튼, 우리 병원에서도 최대한 서포트할 수 있도록 만반의 준비를 하도록 하겠습니다, 마틴 교수님!"

"네, 그렇게 해 주신다면, 저희 수술팀 입장에선 영광이지요."

마틴 교수가 턱수염을 매만지며 환하게 웃었다.

잠시 후, 이기석 교수 연구실.

"마틴 교수님, 제가 이래도 되나 싶군요?"

"허허허, 본인이 그렇게 하자고 한 거 아닌가?"

"아무리 그래도…….."

"괜찮아, 괜찮아! 정말 당돌한 친구야, 쉬브 아티스트……아니, 김윤찬 선생은. 어떻게 그런 당찬 제자를 둔 거야?"

"……창피한 말이긴 하지만, 제자라고 하기보단 파트너, 아니 어떤 때는 저보다 훨씬 낫더군요. 제자라는 말은 어울리지 않습니다."

"그래. 아무튼, 생각이 깊은 청년인 듯싶으니, 김윤찬 선생이 하자는 대로 하자고."

"네."

며칠 전, JM에머럴드호텔.

난 이기석 교수와 함께 마틴이 묵고 있던 에머럴드호텔을 다시 찾아갔다.

"오 마이 갓!! 다, 당신이 쉬브 아티스트??"

난 지금까지 존스홉킨스 의학 사이트에 글을 기고했던 쉬브 아티스트가 나 김윤찬임을 밝혔고, 관련 자료들을 출력해 마틴 교수에게 전달했다.

"네, 그렇습니다. 김윤찬 선생이 바로 쉬브 아티스트였어요, 교수님!"

"이봐 에릭, 내 볼을 좀 꼬집어 주겠나? 내가 지금 꿈을 꾸고 있는 건 아닌가?"

마틴 교수가 상기된 표정으로 벌린 입을 다물지 못했다.

"……정말 꼬집을까요?"

"하하하, 그래! 좀 세게 꼬집어 줘. 언빌리버블! 지금 내 앞에 있는 저 젊은이가 쉬브 아티스트라니!"

잠시 후, 어느 정도 흥분이 가라앉았고 우린 좀 더 대화를 나누기로 했다.

"음…… 그러니까 에릭을 쉬브 아티스트로 만들자는 말입니까? 왜요?"

마틴 교수가 궁금한 듯 내게 물었다.

"제가 쉬브 아티스트가 되는 것보다 이기석 교수님이 그 일을 맡아 주시는 것이 훨씬 더 일하기 편합니다."

"……도저히 이해할 수가 없군요. 인공 심장막에 관한 해박한 지식을 가지고 있는 김윤찬 선생인데, 왜 감춰야 하는 겁니까?"

"우리나라는 미국과는 상황이 다릅니다. 일개 전공의가 나서서는 될 일이 있고, 되지 않을 일이 있습니다. 지금의 상황은 후자에 가깝죠. 교수님은 이해하실 수 없겠지만."

"그래요, 난 이해가 잘되질 않는군요. 좋아요! 그건 그렇다 치고 그렇게 해서 김윤찬 선생이 얻는 건 무엇입니까?"

"……이기석 교수님을 얻는 거죠."

"에릭을?"

"네, 그렇습니다. 이제부터 이기석 교수님이 제 편이 되어 주시기로 했거든요."

난 이기석 교수를 슬쩍 보며 미소 지었다.

"내 편? 영, 이해하기 힘든 말만 하는군요."

마틴 교수가 어리둥절한 표정을 지었다.

"교수님, 저도 이곳에 와서 지내보니 한국 병원은 실력만 가지고 되는 게 아니더군요. 그래서 제가 김윤찬 선생의 뒷배가 되어 주기로 했습니다. 제가 이 병원에 있는 동안은 그 누구도 김윤찬 선생을 홀대하지 못할 겁니다!"

"……뒷배? 그게 뭔가?"

"아, 일종의 가디언(후견인) 같은 거라고 생각하시면 될 것 같군요."

"흐음, 가디언이라……. 김윤찬 선생의 부모라도 되어 주겠다는 건가?"

"미천하지만 될 수 있다면 그렇게 해야 하지 않겠습니까? 이 출중한 실력을 썩힐 순 없으니까요."

이기석 교수 역시 날 보며 미소 지었다.

"좋은 생각이긴 한데, 여전히 이해는 되지 않는군? 차라리 그럴 바엔 김윤찬 선생을 우리 병원으로 데리고 오는 건 어떻겠나?"

"……네, 저도 가고 싶습니다. 조만간 당당하게 존스홉킨스 심장 센터에 지원서 넣겠습니다. 그때 실력으로 평가해 주십시오!"

"하하하, 나도 에릭처럼 김윤찬 선생의 가디언이 되어 주면 안 되는 겁니까?"

"흐흐흐, 이미 한 부모를 모셨는데, 또 다른 부모를 모실 수는 없지요. 동방예의지국인 대한민국에선 있을 수 없는 일입니다."

"쳇! 그건 또 무슨 해괴한 말입니까?"

마틴 교수가 입술을 씰룩거렸다.

"실력으로 들어가겠습니다, 존스홉킨스 심장 센터는."

"하하하, 좋습니다. 김윤찬 선생의 패기가 맘에 드는군요.

언제든지 원서 접수하십시오. 존스홉킨스의 문은 활짝 열려
있으니까."

"네, 교수님!"

쉬브 아티스트가 내가 아니면 어떤가?

이렇게 난, 이기석 교수와 세계적인 석학 마틴 교수를 내
편으로 만들 수 있었다.

며칠 후, 흉부외과 당직실.

"야, 김윤찬! 이기석 교수가 쉬브 아티스트라고? 그게 말
이 되냐? 쉬브 아티스트는 너잖아?"

헐레벌떡, 이택진이 당직실로 뛰어 들어오며 물었다.

"쉿! 조용히 해."

"아니, 난 사실을 사실대로 말할 뿐이야. 네가 쉬브……."

"됐다고! 아무튼 어디 가서 헛소리하면, 넌 내 손에 죽는
거야."

난 손바닥으로 이택진의 입을 틀어막았다.

"아니, 아무리 그래도 이건 쫌."

"내가 손해나는 장사 하는 것 봤어? 그러니까 넌 그냥 가
만히 있어. 알았지?"

"……아, 알았어. 짠 내 나니까 이 손이나 치워."

띠리리리.

그 순간, 울리는 전화벨 소리, 간지석의 전화였다.

"네, 형님!"

―그래, 윤찬아, 네 말대로 진정국이란 사람에 대해서 알아봤는데 말이야…….

간지석의 목소리가 심상치 않아 보였다.

의형제 간지석

"확실합니까?"

–그래, 악질 중에 악질이더구나. 보험 사기에 관해선 프로야, 프로! 전문적인 꾼이라고 할 수 있지. 수차례 범죄를 저질렀지만, 미꾸라지처럼 교묘하게 빠져나갔어.

"그랬군요."

–김순임 앞으로 들어 둔 보험이 네 개, 수익금은 무려 10억, 대충 감이 오지?

"후우, 역시 그런 거였어요. 그런데 이번 일이 보험 사기라는 것을 증명할 수 있겠습니까?"

–법원권근! 때로는 법보다 주먹이 가까운 법이야.

"헐, 그렇다고 불법을 저지르신 건 아니죠?"

─그럴 리가? 단지 경찰이 하지 못한 일을 대신 해 줬을 뿐이야.

"그러니까요. 어떻게…….."

─이 바닥, 한 다리 건너면 그놈이 그놈들이야. 원래 적은 적으로 잡는 법이다.

"아…… 같은 패거리가 있었던 모양이군요."

─그래, 애들 풀어서 수배 때렸더니 바로 답 나오더라. 증거 확보해서 경찰에 넘겼으니, 조만간 구속될 거야.

"어휴, 다행이군요. 고생하셨어요."

─고생은 무슨. 그런 독버섯 같은 놈들은 애초에 뿌리를 뽑아야 해. 지금이 어느 시대인데 보험 사기를 치려 해?

"그러게 말이에요."

─아무튼, 조만간 내가 넘어가든 네가 넘어오든 하자. 술 한잔 해야지.

"네, 형님."

"보험 사기? 그게 무슨 소리야?"

전화를 끊자 이택진이 바로 물었다.

"……김순임 환자 사고가 고의적이었던 것 같아."

"뭐, 뭐라고? 그러면 사고로 계단에서 구른 게 아니라, 고의로 누군가가 밀었다는 거야? 그게 남편이고?"

"아무래도 그런 것 같아."

"헐, 어이없군. 세상에, 뭐 그런 인간이 다 있냐? 그래서 간지석 형님한테 부탁한 거냐?"

"어, 경찰에 신고해 봤자 크게 도움이 안 될 것 같아
서……. 오히려 이럴 땐 법보다 주먹이 가까운 법이지. 차라
리 밥상 다 차려서 넘겨주는 게 나아. 때론, 그 밥상도 엎어
먹곤 하지만."

"……하긴, 수사한답시고 괜히 빠져나갈 빌미만 제공할
수도 있겠지."

"아무튼, 지석 형님이랑 통화한 내용은 비밀이다?"

"야, 나 그 정도로 천지 분간 못 하는 인간 아니다. 너, 나
를 너무 띄엄띄엄 보는 것 아니냐?"

이택진이 어이없다는 듯이 입을 삐죽거렸다.

물론 그렇다고 모든 것을 간지석에게만 맡겨 둔 것은 아니
었다.

경찰서.

"경찰관님, 이게 증거 자료가 될 수 있을지 모르겠군요."

"이게 뭡니까?"

"김순임 환자의 손톱 밑에서 채취한 살점입니다. 아마, 사
고 당시 진정국과 실랑이를 벌이다가 생긴 방어흔의 증거일
겁니다. 증거가 될 수 있겠습니까?"

"물론입니다! 당연히 증거가 돼죠!"

김순임 수술 중, 몰래 그녀의 손톱 밑에 끼인 살점을 채취

해 보관해 둔 것을 경찰서에 제출했다.

"당신을 보험사기방지 특별법 제2조에 의해 체포합니다. 당신은 묵비권을 행사할 수 있고……."

결국, 진정국이 보험 사기 및 살인미수 혐의로 체포되면서 사건은 마무리가 되었다.

♥

흉부외과 의국.

흉부외과라는 곳은 언제나 시간과의 싸움이다. 일단, 응급실을 찾는 대부분의 환자가 일분일초를 다투기 때문이다.

우린 언제나 생사의 갈림길에 놓여 있는 환자를 만나고, 그 환자를 살리기 위해 사투를 벌인다. 언제나.

그 환자가 회복되어 건강을 되찾으면 행복하지만, 때론 그렇지 못한 경우도 종종 있다.

"……오늘 아침에 강철주 환자 돌아가셨어."

이택진의 표정이 잔뜩 굳어 있었다.

"……네 잘못이 아니잖아."

"사망 선고 하는데, 가족들이 전부 바닥에 주저앉더라."

녀석의 눈가가 여전히 촉촉하게 젖어 있었다.

"그렇겠지. 이별의 순간은 언제나 괴로운 거니까."

"내가 왜 흉부외과에 들어왔나 몰라? 이럴 때마다 내 자신이 정말 한탄스럽다. 과연 내가 사람을 살리는 의사가 될 수 있을까란 의구심도 들고."

"익숙해져야 하지 않겠니."

"그래야겠지. 나도 언젠가는 이런 상황에 익숙해질 거야. 그리고 나중엔 아무렇지 않게 가족들 앞에서 사망 선고를 읊어 대겠지. 그냥, 늘상 그래 왔던 것처럼."

"언젠가 고함 교수님이 그러시더라. 당신이 수술하지 않았더라면, 자신이 메스를 대지 않았더라면, 이 환자는 좀 더 살 수 있었을 텐데 하는 그런 생각이 들면 죽고 싶을 만큼 괴로우셨대."

"……."

"그럼에도 불구하고 메스를 들 수밖에 없는 이유는 단 하나야. 의사는 그래야 하니까. 단 1%의 가능성만 있더라도 저 승사자 목덜미를 움켜쥐는 한이 있더라도 싸워야 하니까. 그게 외과 의사의 사명이라고. 교수님은 그 싸움에 익숙해져야 한다고 말씀하셨어."

"……정말 그럴 수 있을까?"

"그래, 사람을 살리는 데는 이유가 없는 거야. 산이 있으니까 오르는 거지. 저 산을 올라야 할 이유가 없듯이 말이야. 환자가 있는 한, 의사는 그 환자를 살려야 하는 거야. 그게 우리의 숙명인 거지."

"자식, 무슨 철학자 같다? 그런 멋진 말을 할 줄도 알고?"

"나도 이제야 조금씩 고함 교수님이 하신 말씀을 깨닫고 있는 중이야. 이전에는 의미도 모르고 그냥 주워들은 얘기지. 그나저나 울고 싶으면 실컷 울어. 의사라고 입술 악다물고 눈물 참을 필요는 없다."

"그래, 안 그래도 으슥한 수술방에 처박혀서 실컷 울었다. 됐냐?"

"그래서 눈이 그렇게 빨간 거냐? 좀 울고 나니까 속은 후련하냐?"

"후련해져야지. 그래야 또 환자를 담을 것 아니냐."

"그래, 우리 환자 살리는 데 익숙해지자. 넌, 좋은 써전이 될 수 있을 거야."

"……하아, 그래. 나도 그랬으면 좋겠다. 그나저나 너 오늘 오프지?"

"어, 백만 년 만에 오프다."

"그래, 간만에 푹 좀 쉬어라. 이게 얼마 만에 쉬는 거냐?"

"기억이 가물가물하다."

"어휴, 이건 해도 해도 너무해. 아무리 네가 치프지만 너무 부려 먹는 거 아니냐?"

"내가 좋아서 하는 건데, 뭐."

"하여간 너는 병원이 딱 체질이야. 나중에 결혼식도 수술방에서 해라. 거 재밌겠네. 연미복 대신 수술복 입고 주례는 고함 교수님이 서시면 딱이고."

"후후후, 그것도 나쁘진 않네."

"미친놈! 무슨 농담을 못 해. 그나저나 오늘 무슨 좋은 계획이라도 있어?"

"아, 간지석 형님이 술 한잔 하자고 하더라."

"헐! 좋은 데 가냐?"

이택진이 눈을 게슴츠레 뜨며 물었다.

"정신 나간 놈. 좋은 데는 무슨. 그냥 병원 근처에서 삼겹살에 소주 한잔 하기로 했다."

"……그래? 아닌 것 같은데?"

녀석이 믿지 못하겠다는 듯이 눈매를 좁혔다.

"쓸데없는 상상하지 말고, 환자들이나 잘 봐. 특히, 윤애순 환자는……."

"아아! 내가 알아서 할 테니까 공장 일은 그만 생각하시고, 가서 오랜만에 회포나 푸셔."

내가 차트를 내밀자 이택진이 뺏어 들었다.

"그래, 그럼 수고해라."

병원 인근 음식점.

"형님!"

"어, 윤찬아! 여기야."

간지석이 손을 흔들며 반갑게 나를 맞이해 주었다.

지글지글, 이미 도착해 삼겹살을 굽고 있었다.

"형님, 오랜만이네요."

"그래, 이거 얼마 만이냐? 그나저나 맛있는 거 사 주려고 했는데 삼겹살이 뭐냐?"

간지석이 불판에 놓인 삼겹살을 휘적이며 말했다.

"전 이게 좋아요. 입이 싸구려라."

"자식! 아무리 그래도 그렇지, 형이 오랜만에 동생 만났는데."

"에이, 이렇게 얼굴 보면서 소주 한잔 하면 되는 거죠. 괜히 비싼 음식 먹어 봤자 소화도 안 돼요."

"이 녀석아, 조폭 돈이라고 그러는 거 아냐?"

"어휴, 그게 무슨 말이에요. 형님같이 젠틀한 조폭도 있나? 됐고요. 형님 얼굴 봤으면 그걸로 된 거죠. 음식이 뭐가 중요합니까?"

'꿀이네, 꿀!'

난 불판 위에 놓인 삼겹살 한 점을 집어 입 속에 집어넣었다.

"녀석…… 그나저나, 얼굴이 많이 야위었네? 고생이 많나 보구나?"

간지석이 안타까운 듯 내 볼을 만져 주었다.

"그냥 뭐, 흉부외과 의사가 다 그렇죠."

"밥 좀 잘 챙겨 먹어."

간지석이 마치 친형처럼 살갑게 대해 주었다.

"칼잡이가 어디 제대로 된 식사 시간이 있나요? 흐흐흐. 대신 형님 덕분에 지금 이렇게 포식하잖아요."

"하긴, 예전에 우리 애들도 자주 들락날락하던 곳이라 잘 알지. 밤낮이 따로 없더라?"

"흐흐, 그럼요. 가끔 조폭들도 실려 들어오곤 합니다."

"……후후, 그래. 예전엔 그런 일이 종종 있었지. 하지만 요즘 우리 쪽도 머리를 쓰는 일을 하지, 몸빵은 없어진 지 오래야. 아무튼 반갑다. 오늘 허리띠 풀고 실컷 마셔 보자."

"형님, 그나저나 목소리가 좀 쉰 것 같은데, 감기 걸리셨어요?"

평소에 낭랑한 목소리였던 간지석의 목소리가 잔뜩 쉬어 있었다.

"그러게 말이야. 얼마 전부터 목이 갑자기 쉬더라고."

"목이 쉬어요?"

"어, 딱히 소리를 지르거나 그런 적도 없는데, 목이 잠겨서 감기 몸살인가 싶어서 동네 병원에 가서 약을 처방받아 먹었는데 잘 안 낫네?"

평소에 감기란 걸 걸려 본 적이 없는 강골인데.

"저희 병원에 오시지 그랬어요?"

"그래서 지금 너희 병원 이비인후과에 다녀왔잖냐."

"어휴, 그러면 저한테 좀 말씀을 하시지."

"무슨, 너 바쁜데."

또르르, 간지석이 소주잔에 술을 따라 단숨에 삼켜 넘겼다.

"그래서 이비인후과에서 뭐라고 하던가요?"

"뭐, 이것저것 검사했는데, 성대에는 아무런 문제가 없다고 하더라. 편도선이 약간 부어 있는 것 같다고 하던데?"

"아, 그래요? 그래서요?"

"뭐, 딱히 처방은 없었어. 피곤해서 그런 것 같으니까, 무리하지 말고 푹 쉬라고 하면서 이거 처방해 주더라."

간지석이 이비인후과에서 처방해 준 약 봉투를 집어 들었다.

"이리 줘 봐요. 내가 좀 보게."

"후후후, 하여간 누가 의사 아니랄까 봐 그러냐? 됐어, 별거 아니니까."

"그래도 줘 봐요."

정말 별거 없었다.

약 봉투를 까 보니, 이부프로펜(비스테로이드성 소염 진통제) 항생제, 위장약으로 구성되어 있었다.

"별거 없지?"

"그렇긴 한데……."

그 순간, 내 눈에 들어온 간지석의 외모. 평소엔 그저 195

센티의 건장한 체격에 구릿빛 외모를 가진 잘생긴 호남이라고만 생각했는데, 오늘은 뭔가 달랐다.

"형님, 손가락 좀 보여 줘요."

"손은 왜?"

유난히 긴 손가락이 눈에 들어왔다.

"형님, 손가락이 원래 길었나요?"

"좀 길지? 내가 이래 봬도 농구공을 한 손으로 쥘 수 있다니까?"

흐음, 195센티나 되는 큰 키에 긴 손가락.

"형님, 혹시 평발이세요?"

"어? 그걸 어떻게 알았어?"

"평발 맞아요?"

"그래, 그래서 조금만 걸어도 쉬 피로해져. 의사 눈엔 구두 속 발도 보이냐?"

간지석이 어이없다는 듯이 너털거렸다.

"그게 아니라……. 혹시 탈구 같은 건요? 운동 같은 거 하다가 팔이 빠지거나 그런 적 있어요?"

"캬~ 확실히 명의는 명의구나. 나 어깨가 잘 빠지는 편이야. 운동하다가도 툭 빠지곤 하더라고. 그런데 그런 것도 알아? 내가 무식해서 잘은 모르지만 그런 건 정형외과 영역 아니냐?"

큰 키에 유난히 긴 손가락 그리고 평발에 습관성 탈구까지!

"그게 중요한 게 아니고, 언제부터 목이 쉬었던 거예요?"

"애가 왜 그래? 그냥 별거 아니라니까."

"묻는 말에나 답해요. 언제부터 목이 쉰 거냐고요?"

"흐음…… 한 2주 전부터?"

"크게 소리치거나 노래를 불렀던 적도 없다고 했죠?"

"내가 그럴 시기는 아니잖니? 최근에 노래방에 간 적도 없고."

게다가 아무런 이유 없이 목이 쉬었다.

"형님, 제가 잠깐 배 좀 만져 봐도 돼요?"

"배를? 지금?"

"네, 좀 만져 볼게요."

"야! 사람들 많은데 무슨 짓이야?"

"잠시면 돼요!"

그렇게 간지석의 셔츠 단추를 풀고 복부를 만지는 순간.

앗, 뜨거워!

마치 불에 댄 것처럼 손바닥이 화끈거렸다.

마르판증후군!

건장한 체구지만 손과 발이 가늘고 평발에 습관성 탈구가 있다?

어쩌면 간지석은 마르판증후군을 앓고 있는지도 모르겠다.

선천성 발육 이상증이란 마르판증후군.

이 병은 1896년 프랑스의 의사 장 마르판에 의해 처음으로 보고되었다고 해서 그의 이름을 따, 마르판증후군이라고 불린다.

일종의 유전병으로, 흔히들 거인병이라고 부르는 마르판 증후군.

주로 배구 선수나 농구 선수같이 장신인 사람들에게서 나타나는 질병이었다.

학계 보고에 의하면 서양 인구 5천 명에서 만 명당 1명꼴로 발생하는 희귀 유전 질환이었다.

일종의 결체조직 질환으로, 마르판증후군 자체의 위험보다는 합병증이 치명적인 무서운 질병이었다.

분명, 간지석의 신체적 특징으로 볼 때 마르판증후군을 의심하지 않을 수 없었다.

그런데…….

마르판증후군을 가지고 있는 사람이 아무런 이유 없이 목이 자주 쉰다면?

일반적으로 사람의 성대 신경은 흉부 대동맥을 뱀처럼 감듯이 인접해 있다. 그래서 대동맥이 팽창하면 이 성대 신경을 눌러 쉰 목소리가 난다.

그런데 이를 알지 못하는 사람들은 성대에 문제가 있다고 판단, 이비인후과를 찾기 마련이다.

당연히 이비인후과에서는 별 이상을 발견하지 못할 것이

고, 눌렸던 성대 신경이 가운데로 밀리면서 목소리가 정상으로 되돌아오곤 한다.

이비인후과에 가도 특별한 증상이 없으니, 나아졌겠거니 하는 순간이 가장 위험했다.

그렇게 별다른 치료를 받지 않고 놔두게 되면 시간이 지나면서 더욱더 대동맥이 부풀어 오른다. 그리고 결국 빵! 터지게 되면, 손쓸 겨를이 없어지게 되는 것. 이것이 바로 아올틱 애뉴어리즘(대동맥류)이다!

대동맥류는 마르판증후군을 앓고 있는 사람에게서 가장 흔하게 나타나는 합병증이니까.

손바닥이 불에 댄 것처럼 뜨거웠어!

아직까지 이유를 정확히 알 수는 없으나, 간지석의 배에 손을 대 보았을 때 느꼈다.

정확히 확신할 순 없지만 분명 문제가 있는 것만큼은 확실했다.

"형님, 지금 당장 저랑 병원에 갑시다."

"……병원은 왜?"

"그냥 좀 몇 가지 검사를 하는 게 좋을 것 같아서요."

"뜬금없이 검사는 무슨? 건강검진이라면 올겨울에 정기검진 받을 예정이야."

"그게 아니라……. 형님, 혹시 마르판증후군이라고 들어 보셨어요?"

"마, 마르 뭐?"

"젠장…… 그게 아니고, 형님 가족분들 중에 형님처럼 키가 큰 분이 많나요?"

"나 혼자니까 그건 잘 모르겠고, 부모님들은 그렇게 큰 편이 아닌데?"

간지석이 삼겹살을 오물거리며 답했다.

유전은 아니라는 건데…….

"아무튼 병원으로 갑시다. 가서서 초음파하고 CT 좀 찍어요."

간지석에게 이것저것 자세히 설명할 시간이 없었다. 어쩌면 간지석은 배 속에 시한폭탄을 담고 있는지도 모르니까.

"CT를? 술 마셨는데?"

"상관없습니다. 빨리요!"

난 간지석의 팔을 잡아끌었다.

"아, 알았다, 알았어. 도대체 무슨 영문인지 모르겠군."

"지금 당장 확인해 봐야……."

띠리리리.

그 순간, 간지석의 핸드폰 소리가 요란하게 울렸다.

"윤찬아, 잠시만! 네, 회장님!"

자신의 보스인 강경파의 전화였다.

―지금 어디냐?

"네, 김윤찬 선생하고 저녁을 먹고 있습니다."

─음, 그래? 그러면 뭐 할 수 없구나. 즐거운 시간 보내도록 해라.

"무슨 일 있습니까?"

─아, 아니야. 특별한 일 아니니까 신경 쓰지 마라.

"회장님이 직접 전화를 주실 정도면 제가 신경을 써야 할 일 같군요. 지금 바로 본사로 들어가겠습니다."

─아니야, 그럴 필요 없대두.

"아닙니다. 바로 들어가겠습니다."

"……."

"윤찬아, 미안한데, 나 가 봐야 할 것 같아."

"어딜요?"

"아무래도 회사에 무슨 일이 생긴 모양이다. 바로 들어가야 할 것 같은데, 어쩌지?"

"검사는요?"

"아, 검사. 그건 다음에 받으면 안 될까? 회사에 들어가 봐야 할 것 같은데."

"……안 됩니다! 지금 당장 검사를 받아야 해요."

"녀석아, 네가 날 걱정해 주는 건 알겠는데, 오늘은 좀 곤란해. 다음에 받자, 검사."

간지석이 이미 의자에 걸쳐 있던 수트 상의를 들어 올리며 말했다.

"안 되는데……. 그럼 내일 당장요. 오늘 일 마치고 내일

아침 일찍 병원으로 나오세요. 제가 검사 준비는 해 놓을
테니."

"하하하, 알았다, 알았어. 누가 보면 무슨 큰 병이라도 걸
린 줄 알겠네."

"약속하시라고요. 내일 병원에 나오신다고."

난 음식점 문을 나서려는 간지석의 팔목을 움켜쥐었다.

"아, 알았다고. 팔 아파."

"네, 그럼 내일 병원에서 봬요."

"그래, 미안해. 오랜만에 만났는데. 회포는 다음에 풀자!
민수야, 본사로 가자."

"네, 형님."

간지석이 손을 흔들며 황급히 자신의 차에 올랐다.

"……형님, 잠깐만요."

잠시간의 망설임, 난 도저히 간지석을 그냥 보낼 수 없었
다.

끼익, 내가 차를 막아서자 운전자 한민수가 급브레이크를
밟았다.

"왜? 무슨 일인데? 갑자기 뛰어들면 어떡하니. 어디 안 다
쳤어?"

지잉, 간지석이 걱정스러운 표정을 지었다.

"형님, 저도 같이 가요."

"뭐라고?"

"아무래도 마음이 놓이지 않아서 안 되겠어요. 제가 같이 가야 할 것 같아요. 문 좀 열어 주세요."

"인마, 나 천하의 간지석이야. 나 그렇게 쉽게 안 죽는다."

"그건 형님 사정이시고요. 전 죽어도 같이 가야 할 것 같으니까, 당장 문 열어 주시죠?"

"하아, 하여간 너도 별난 놈이다. 민수야. 문 열어 줘."

내가 차를 가로막고 양팔을 벌려 세우자 간지석이 어쩔 수 없이 문을 열어 주었다.

"……나 괜찮다니까?"

"그건 의사인 제가 판단합니다. 형님 지금 괜찮지 않아요. 무조건 오늘 검사를 받아야 합니다."

"도대체 얘가 무슨 말을 하는지 모르겠네."

간지석이 어이없다는 표정을 지었다.

"민수 씨, 출발하시죠."

"네?"

"출발하자고요."

내 말에 한민수가 백미러로 간지석을 보며 그의 명령을 기다렸다.

"출발해."

"아, 알았습니다."

한민수가 머뭇거리자 간지석이 고개를 끄덕여 출발해도 좋다는 표시를 했다.

"너도 참 독한 녀석이다. 아무튼 가 보자. 회장님이 기다리실 테니."

"네."

　장충동 강경파 회장 자택.

　간지석과 함께 이동한 곳은 장충동 강경파 회장의 자택이었다.

　한쪽 담 길이만 얼추 잡아도 80여 미터쯤 되는 대저택이었다.

　아름드리 소나무가 **빽빽**하게 들어서 밖에서는 아예 집을 볼 수 없을 것 같은 요새 중에 요새였다.

　"두 분, 어서 오십시오."

　대문이 열리자 점잖아 보이는 남자가 우리 둘을 맞이했다.

　"김 집사님, 회장님 안에 계십니까?"

　집사인 모양이었다.

　"물론입니다. 기다리고 계십니다. 올라가시죠."

　"네. 윤찬아, 올라가자."

　"네."

　대문이 열리고 안으로 들어가자 긴 계단이 늘어져 있었고 계단을 조금 올라가자 드넓은 정원이 한눈에 들어왔다.

그 귀하다는 금송을 비롯해 온갖 정원수들이 늘어져 있었다.

"어서 와요, 김윤찬 선생!"

이미 간지석이 차 안에서 그에게 전화를 걸어 둔 터라 간지석보다 나를 더 반기는 강경파 회장이었다.

반가운 손님이 오면 버선발로 나온다고 하지 않던가.

강경파 회장이 현관까지 나와 나를 반겼다.

"회장님, 그동안 안녕하셨습니까?"

"물론이에요. 우리 김윤찬 선생 아니었으면, 나 이미 저세상 사람입니다. 덕분에 덤으로 얻은 삶, 유유자적하고 있습니다. 어서 안으로 들어갑시다."

"네, 회장님."

"그나저나 귀한 손님이 오셨는데, 뭘 대접해야 하나? 일하는 아주머니가 다들 퇴근들 하고 쉬는 중이라 …….."

"아뇨, 괜찮습니다."

"그게 무슨 소리! 내가 괜찮지 않습니다. 안 되겠어요. 일하는 사람들을 다시 불러야겠어요."

"아뇨, 정말 괜찮습니다. 그냥 차 한잔 주시면 감사히 마시겠습니다."

"이런 이런, 이봐, 간 전무."

"네, 회장님."

"난 상관없으니까 김윤찬 선생이나 잘 모시라고 했지 않나? 귀한 손님을 모셔 놓고 이게 무슨 실례야?"

"……죄송합니다."

"사람하곤. 아무튼 김 집사한테 연락해서 당장 술상 좀 준비하라고 해."

"네, 그렇게 하겠습니다."

"괜찮은데……."

"허허허, 우리 김윤찬 선생 안색이 영 좋지 않구먼. 고생이 이만저만 아닌 모양이야."

간지석이 전화를 하러 간 사이, 강 회장이 내 얼굴을 이곳저곳 살폈다.

"뭐, 그냥……."

"지석이한테 소식은 들었어요. 우리 김윤찬 선생이 병원에서 대빵이 되셨다고?"

간지석이 강경파에게 내가 치프가 된 걸 보고했던 모양이었다.

"그냥, 반장 같은 겁니다. 별거 아닙니다."

"에이, 반장은 아무나 하나? 우리 손주 놈도 지 애미가 애들 불러다가 상다리가 휘어지게 차려 먹이고 나서도 떨어졌는데."

허허허, 강경파 회장이 사람 좋은 할아버지 미소를 지었다.

"아……."

"반장, 그거 아무나 하는 거 아닙니다. 그러고 보면 우리 김윤찬 선생의 능력이 출중한가 보구려."

강경파가 엄지를 추켜세웠다.

"과찬이십니다."

"과찬은 무슨. 그만큼 능력이 있으니 그 자리에 앉는 겁니다. 장이라는 자리가 아무나 하는 게 아니야."

쿨럭, 쿨럭.

강경파가 마른기침을 했다.

"어디 몸이 안 좋으십니까?"

"아니에요. 내 나이가 되면 이곳저곳 고장이 나는 거지. 괜찮습니다. 신경 쓰지 말아요."

저건?

이소소르비드-5-모노니트레이트(협심증 치료제).

갈색의 불투명한 병 속에 담긴 알약, 그건 분명 앤지니아 펙토리스(협심증) 치료제였다.

"……혹시 그거?"

"허허허, 이거요? 역시 심장 의사라 뭐가 달라도 다르군요. 맞아요, 협심증 약입니다. 주치의가 안 죽으려면 챙겨 먹으라고 합디다."

내가 약병을 가리키자 강경파가 들어 올렸다.

"회장님, 일단 별채에 다과를 마련했다고 합니다."

"그래? 윤찬 선생, 일단 별채로 가서 차나 한잔하면서 우리 못다 한 얘기나 나눕시다.”

“회장님, 지석 형님과 나누실 말씀이 있으시면 나누십시오. 전 여기 있어도…….”

“당치 않아요! 우리 윤찬 선생이랑 이런저런 얘기 나누는 것보다 더 중요한 일이 뭐가 있습니까? 안 그래, 간 전무?”

“네에, 그렇습니다.”

“아무리 그래도.”

“우리 오늘 밤새도록 이런저런 세상 돌아가는 얘기나 실컷 합시다. 일 얘기는 나중에 해도 됩니다. 자~ 얼른 별채로 갑시다.”

끄응, 강경파 회장이 무릎에 손을 얹어 놓고 힘겹게 자리에서 일어났다.

바로 그 순간이었다.

“억!”

외마디 비명 소리와 함께 곧바로 자리에 쓰러지는 강경파 회장. 금세 얼굴에서 핏기가 가시더니 괴로운 듯 가슴을 쥐어뜯었다.

“회장님! 왜 그러십니까?”

그 순간, 간지석이 득달같이 강경파 회장에게 달려갔다.

협심증!

협심증이 온 것이 틀림없었다.

“회장님, 정신 차리십시오!”

당황한 간지석이 강경파의 양팔을 흔들었다.

"으으으, 가슴이 뽀, 뽀개지는 것 같아……. 으으으!"

하악하악, 강경파가 가쁜 숨을 몰아쉬며 고통스러워했다.

"형님, 너무 걱정 마십시오. 제가 잠시 보겠습니다. 형님은 나가셔서 병원에 연락을 좀 해 주십시오."

"부탁한다, 윤찬아!"

간지석이 황급히 밖으로 뛰쳐나갔다.

"회장님, 가슴이 아프십니까?"

"으으, 으으으."

강경파 회장이 하얗게 변한 얼굴로 힘겹게 고개를 끄덕였다.

하악하악.

거칠게 숨을 몰아쉬는 강경파 회장이었다.

디스피니아(호흡곤란, 호흡부전)까지!

협심증!

젠장, 협심증이 발병한 것이 틀림없어.

그렇다면? 니트로글리세린(혈관확장제)이 필요해!

난 일단 강경파 회장이 입고 있던 셔츠 단추를 풀고 최대한 편안한 자세로 눕혔다.

분명, 강경파 회장 정도라면 주치의가 처방한 니트로글리세린이 있을 텐데…….

드르륵, 주변을 두리번거리다 서랍을 열어 보니 니트로글리세린이 들어 있는 검은 병이 눈에 띄었다.

니트로글리세린!

어릴 때 소풍 가서 보물찾기에 성공한 것처럼 반가운 약병이었다.

협심증 환자라면 상시 구비해 놔야 하는 약이었다.

"회장님, 아~ 하고 입 벌리세요."

난 자세를 낮춰 조심스럽게 강경파 회장의 몸을 들어 올리곤 무릎에 뉘었다.

"아…….”

아직 의식은 남아 있는지 강경파 회장이 힘겹게 입술을 뗐다.

"회장님, 약을 넣어 드릴 테니 삼키시면 안 됩니다!"

"으으, 으으으.”

여전히 신음 소리를 내뱉고는 있었지만 절대적으로 내 말에 따르는 그였다.

강경파 회장이 힘겹게 입을 벌리자 난 알약을 하나 꺼내, 그의 혀 밑에 넣어 주었다.

니트로글리세린은 삼키는 약이 아니라, 혀 밑에서 천천히 녹여 줘야 했다.

그리고 난 혈액 순환이 잘될 수 있도록 팔과 다리를 주무르기 시작했다.

"다행이야. 핏기가 돌아!"

그렇게 2분여의 시간이 흐르자, 강경파 회장의 얼굴에 조금씩 핏기가 돌기 시작했다.

"회장님, 제 목소리가 들리면 말씀하시지 마시고 눈만 깜박이세요."

"……"

강경파 회장이 알겠다는 듯이 눈을 깜박였다.

"흉통은 좀 가라앉았습니까?"

"으으, 으으으."

다행이었다. 가슴 통증이 조금은 가라앉았는지 강경파 회장이 고개를 끄덕였다.

"한 알 더 드셔야 할 것 같습니다. 혀 밑에 넣어 드릴 테니, 절대로 삼키지 마십시오. 침으로 녹여야 합니다."

"아, 아…… 알았어요."

좀 전까지만 해도 어눌했던 음성이 조금은 또렷해진 것 같았다.

어눌했던 말소리가 똑바로 나온다면 어느 정도 위험한 고비는 넘겼다는 뜻이었다.

"한 알 더 드릴게요."

그렇게 난 강경파의 혀 밑에 알약 하나를 더 놓아 주었다.

그리고 이어진 마사지.

난 반복해서 강경파 회장의 팔과 다리를 주물렀다.

그렇게 3분여의 시간이 흘렀고, 그제서야 구급대원이 들것을 들고 집 안으로 들어왔다.

"회장님, 괜찮으십니까? 지금 당장 서운대로 모시겠습니다. 빨리! 병원으로 모셔 주세요."

간지석이 상기된 얼굴로 방 안으로 뛰어 들어와 구급대원들에게 소리쳤다.

"괘, 괜찮아. 호들갑 떨 것 없어. 병원은 무슨? 이제 좀 살 만해."

구급대원들이 강경파의 몸을 들것에 실으려 하자, 강경파 회장이 힘겹게 손을 내저었다.

"아닙니다. 그래도 병원에 가셔서 안정을 취하셔야 합니다. 이미 장 교수님한테도 연락을 취해 뒀습니다."

서운대 장 교수는 강경파의 주치의였다.

"간 전무가 쓸데없는 짓을 했구먼. 우리 윤찬 선생이 이렇게 잘 치료를 해 줬는데 뭐가 문제야……. 아이고, 그러고 보니 우리 윤찬 선생이 날 두 번이나 살려 줬어. 세상에."

강경파가 나를 보더니 입가에 엷은 미소를 띠었다.

"윤찬아, 정말 고맙다."

"아니에요. 제가 한 건 별로 없습니다. 그건 그렇고 회장님, 응급조치는 해 뒀지만 아직 안심을 하긴 이릅니다. 지석 형님의 말씀대로 병원에 가서서 검사를 받아 보시는 것이 좋을 것 같아요."

"……그래요? 후우, 우리 윤찬 선생이 가라면 가야지. 그래요, 갑시다."

내 말에 강경파가 군소리 하나 없이 들것에 몸을 올려놓았다.

"조심해서 모시세요!"

그 순간에도 구급대원들에게 조심할 것을 당부하는 간지석이었다.

"네."

"형님도 병원으로 가실 거죠?"

강경파가 들것에 실려 나가는 것을 본 후, 간지석에게 물었다.

"당연히 가 봐야지. 넌 어떡할래?"

"저도 같이 가겠습니다. 이동 중에 회장님께 무슨 일이 생길지도 모르니까요."

"그래도 되겠니?"

"물론이죠. 게다가 회장님도 회장님이지만 이참에 형님도 병원에 가서서 검사를 받아 보셔야 합니다."

"어휴, 또 그 소리니?"

"……회장님한테 확 일러 버립니다. 아까 보셨죠? 회장님이 제 말이라면……."

"아, 알았어. 일단 회장님이 별 탈 없으신 거 확인되면 검사받을게."

"당연히 그러셔야죠."

"하여간, 쇠고집이구나. 넌 앰뷸런스에 같이 탈 거지?"

"네."

"그래, 난 내 차로 움직일 테니까 이따가 병원에서 보자."

"네."

♥

동송동 서운대부속병원.

"회장님!!"

국내 최고를 자랑하는 동송동 서운대부속병원에 앰뷸런스가 도착했다. 이미 서운대 흉부외과 의료진은 일렬로 늘어서 있었다.

강경파 회장의 주치의이자 서운대 CS(흉부외과) 과장 장상영 교수, 문상철 교수 등등. 심장학회 학회지에도 종종 등장하는 국내 정상급 흉부외과의가 즐비했다.

강경파 회장의 파워를 간접적으로나마 느낄 수 있는 순간이었다.

서운대 의료진이 마치 사열하듯 일렬로 서서 강경파 회장을 마중 나온 데는 그만한 이유가 있었다.

강경파 회장이 이곳 서운대의 VVIP 고객인 것도 중요했지만, 더 중요한 건 다른 데 있었다.

그가 가진 계열사만 십여 개. 이 중 모기업이라고 할 수 있는 경파유통이 매년 서운대에 백억 원의 지원을 하고 있었던 것.

서운대 입장에선 결코 소홀히 할 수 없는 인물일 뿐만 아니라, 비록 기업화했다고는 하나, 그 역시 조폭 보스! 만에 하나 그의 신변에 문제라도 생길 시에 벌어질 일이 끔찍했으리라.

끼익, 다다다다.

앰뷸런스 문이 열리고 강경파 회장이 나오자 서너 명의 수련의들이 득달같이 달라붙었다.

"회장님, VVIP 병실로 모시겠습니다."

장상영 과장이 바로 튀어나와 강경파 회장의 안색을 살피더니 그를 부축하려 했다.

"괜찮아요, 괜찮아. 이렇게 호들갑 떨 필요 없습니다."

"아니, 그래도…….."

"지금은 아무렇지 않아요. 내 발로 걸어 올라갈 수 있습니다."

"아닙니다. 저희가…….."

"괜찮대두."

"회장님, 스트레처 카에 오르시는 것이 좋을 것 같습니다."

"그래요? 그럼 그렇게 할까요?"

내 말은 군소리 없이 따르는 강경파 회장이었다.

"당신 누구야?"

스트레처 카에 강경파를 누인 후, 내가 끌고 가려 하자 문상철 교수가 내 팔을 낚아챘다.

"연희대병원 레지던트 4년 차 김윤찬이라고 합니다."

"연희대 레지던트? 뭐야, 저리 비켜!"

문상철이 가소롭다는 듯이 나를 내리깔아 보더니 스트레처 카 손잡이를 잡아챘다.

"문상철 교수님이라고 하셨습니까?"

그 순간, 강경파 회장의 얼굴이 굳어지는 듯했다.

"네, 회장님. 저 기억 못 하시겠습니까? 지난번에 제가 치료를 해……."

"그래요, 잘 알지요. 이보세요, 교수님."

"네."

"그 손 좀 치워 주시죠."

"네네. 거봐, 연희대! 당장 스트레처 카에서 손 안 떼?"

문상철 교수가 눈을 희번덕거렸다.

"……아니, 우리 윤찬 선생이 아니라 바로 당신! 앞으로 메스 왼손으로 잡고 싶지 않으면 윤찬이 팔에서 손 떼시라고요."

간지석이 내 팔을 잡고 있던 문 교수의 오른손을 거칠게 잡아끌었다.

"이, 이게 어떻게⋯⋯."

문상철 교수는 얼굴이 붉어지더니 당혹감을 감추지 못했다.

"윤찬 선생은 우리 회장님이 아끼시는 분입니다. 병실까지 같이 올라갈 테니, 안내하시죠."

"같이 들어간다고요?"

"왜, 안 됩니까?"

"네, 저분이 회장님의 응급조치를 잘해 주셨나 보군요. 그렇게 하시죠. 문 교수, 물러나세요!"

간지석이 문상철을 날카롭게 응시하자 장상영 과장이 중재에 나섰다.

"아, 알겠습니다, 과장님."

그러자 문상철 교수가 뻘쭘한 듯 뒷걸음쳤다.

"회장님, 제 불찰입니다."

장상영 과장이 허리를 굽혀 정중히 사과했다.

"아니에요. 그러니까 요란 떨 필요 없다 하지 않았습니까?"

"네, 죄송합니다. 모시겠습니다. 곧 원장님도 올라오실 겁니다."

"그럽시다."

그렇게 강경파 회장이 스트레처 카에 실려 VVIP 병실로 올라갔다.

잠시 후, VVIP 병실.

"회장님, 천만다행입니다. 응급조치가 잘되어서 큰 문제는 없을 듯하군요."

심전도, 심장 초음파 등등. 몇 가지 검사를 받은 강경파 회장.

장상영 과장이 결과지를 살펴보며 안도의 한숨을 내쉬었다.

"껄, 껄, 껄! 거보세요. 우리 윤찬 선생이 날 살려 내지 않았습니까?"

강경파 회장이 특유의 환한 웃음을 입가에 머금었다.

"네, 그런 것 같군요. 응급조치가 아주 훌륭했습니다."

"맞아요! 우리 윤찬 선생이 날 살렸다는 거 아닙니까!! 생명의 은인이에요, 은인! 그것도 두 번이나 말이에요!"

강경파 회장이 어린애처럼 환하게 웃으며 내 손을 잡아 주었다.

"네. 연희대 레지던트라고 했던가?"

그제서야 장상영 과장이 물었다.

"네, 그렇습니다. 4년 차입니다."

"그렇군요. 그러면 고함 교수님 밑에 있겠군."

"네, 그렇습니다. 저희 교수님을 아십니까?"

"후후후, 그 유명한 양반을 모를 리가 있나? 흉부학과계의 풍운아를."

"아, 네."

"아무튼 회장님, 지금은 절대 안정이 필요하니까 며칠 입원하시죠."

"그래요, 그렇게 합시다."

강경파 회장도 차마 주치의의 제안까지 뿌리치긴 힘들었던 모양이었다.

"……아이고, 강 회장님! 이게 어떻게 된 일입니까?"

바로 그 순간, 서운대 원장, 최고상이 헐레벌떡 병실 안으로 들어왔다.

"아이고, 호들갑 떨 것 없어요. 저 안 죽습니다."

"아니, 장상영 과장 연락 받고 가슴이 내려앉는 줄 알았습니다! 정말, 괜찮으신 겁니까?"

"괜찮아요, 괜찮아."

"이봐, 장상영 과장! 진짜 우리 회장님 괜찮으신 거야?"

"네에, 며칠 안정을 취하시면 괜찮으실 겁니다."

"휴우, 십년감수했네."

그제서야 최고상 원장이 가슴을 쓸어내리며 안도의 한숨을 내쉬었다.

"윤찬아, 밖에서 담배나 하나 피우자."

강경파 회장이 무사한 것을 확인한 간지석이 내 옆구리를 쿡 찔렀다.

"아, 네."

잠시 후, 7층 하늘정원.

"회장님이 무사해서 다행이야. 이게 다 네 덕이야."

치지지직.

간지석이 담배를 입에 물더니 라이터를 꺼내 불을 붙였다.

후우, 긴장이 풀려서인지 담배를 들고 있는 손가락이 미세하게 흔들리는 듯했다.

"뭐, 의사로서 해야 할 일을 했을 뿐입니다."

"……아니야. 하여간 내가 동생 하나는 똑 부러지게 둔 것 같아. 너 없었으면…… 생각만 해도 끔찍하다. 아직도 다리가 후들거려."

후우, 간지석이 하늘을 올려다보며 담배 연기를 내뿜었다.

"네, 제가 보기에도 회장님은 별문제 없을 것 같아요. 그건 그렇고 형님도 검사를……."

억!

쿵, 꽈당.

"형님! 지석 형님!"

그 순간, 내 말이 채 떨어지기도 전에 간지석이 외마디 비명 소리와 함께 바닥에 쓰러지고 말았다.

　강경파 회장이 문제가 아니었다. 결국, 그토록 우려했던 일이 터져 버리고 말았다.

다음 권으로 이어집니다

이윤규 대체역사 소설

개혁군조

**조선의 황혼기를 전성기로 바꿀
전후무후한 개혁 군주가 나타났다!**

교통사고를 당하고
건륭 60년의 어린 순조로 깨어난
대통령 후보 공보

6년 뒤 정조의 사망과 함께 시작된 세도정치로 인해
조선이 서서히 몰락한다는 사실을 깨달은 그는
정조를 설득해 나라를 개혁하기로 결심하는데……

정조의 건강부터 동아시아 세력 개편까지
뜯어고칠 것은 많지만, 시간은 단 6년뿐!

**예정된 파멸을 뛰어넘기 위해서는
모든 것을 뒤엎어야 한다!
조선을 미래로 이끌기 위한 분투가 펼쳐진다!**

변호사 윤진한

이해날 현대 판타지 장편소설

『어게인 마이 라이프』의 작가 이해날,
당신의 즐거움을 보장할
초특급 신작으로 돌아왔다!

아버지의 복수를 위해
악랄한 변호사가 되었으나 대기업에 처리당한 윤진한
로펌 입사 전으로 회귀하다!

죽음 끝에서 천재적인 두뇌를 얻은 그는
대기업의 후계자 경쟁을 이용해
원수들의 흔적마저 지우기로 결심하는데……

악마 같은 변호사가 그려 내는
두 번의 인생에 걸친 원수 파멸극!

짐승 같은 뉴비

예정후 퓨전 판타지 장편소설

모든 게이트 공략법은 머릿속에 있다!
절대자 뉴비(?)가 휘두르는 격노의 철권鐵拳!

차원 역류에 휘말려 야수계로 떨어진 최원호
야수계의 수왕獸王이 되어
게이트 사태를 수습하고
거신의 조각을 얻어 지구에 돌아오니……

레벨이 다시 1?

무리한 마나 운용으로 페인이 된 동생
의식불명, 행방불명에 사망까지 한 친구들
신인류라 주장하는 테러리스트의 위협까지……

모든 걸 돌려놓아야 한다, 게이트 사태 이전으로!

야수계의 구원자, 최원호
업적을 복구해 지구를 구하라!

꿈의 도약, 로크에서 하십시오
(주)로크미디어에서 신인 작가를 모십니다

즐거운 세상, 로크미디어는 꿈을 사랑하고 도전을 두려워하지 않는 작가 분들의 참신한 작품을 기다리고 있습니다. 21세기 장르 문학계를 이끌어 갈 차세대 선두 주자 (주)로크미디어에서 여러분의 나래를 활짝 펴 보시길 바랍니다.

모집 분야 판타지와 무협을 포함한 장르 문학
모집 대상 아마추어 작가, 인터넷 작가
모집 기한 수시 모집
    작품 접수 시 유의 사항
      1. 파일명은 작가명_작품명.hwp형식을 갖춰 주십시오.
      1. 파일에 들어갈 내용은 다음과 같습니다.
          — 성명(필명인 경우 실명을 밝혀 주세요), 연락처, 이메일 주소
          — 제목, 기획 의도
          — A4용지 1장 분량의 등장인물 소개
          — A4용지 2장 분량의 전체 줄거리
          — 본문
      1. 작품이 인터넷에 연재되고 있다면, 게시판명과 사이트의 구체적이고 정확한 주소를 기재해 주십시오.

선택된 작품은 정식 계약 후 출판물로 간행되어 전국 서점에 유통됩니다.
작가 분은 (주)로크미디어의 전폭적인 지원하에 전속 작가로 활동하시게 됩니다.
※ 자세한 내용은 로크미디어 홈페이지(rokmedia.com)를 참조하세요.

(03920)서울시 마포구 성암로 330 DMC첨단산업센터 3층 318호
(주)로크미디어 편집부 신간 기획 담당자 앞
전화 : 02) 3273-5135
www.rokmedia.com   이메일 : rokmedia@empas.com

The Final
더 파이널

유성 퓨전 판타지 장편소설

「아크」「로열 페이트」「아크 더 레전드」
작가 유성의 새로운 도전!

회귀의 굴레에 갇혀 이계로의 전이와 죽음을 반복하는 태영
계속되는 죽음에도 삶에 대한 의지를 불태우던 어느 날

갑자기 시작된 침식으로 이계와 현대가 합쳐진다!

두 세계가 합쳐진 순간,
저주 같던 회귀는 미래의 지식이 되고
쌓인 경험은 태영의 힘이 되는데……

이계의 기연을 모조리 흡수해
누구도 넘볼 수 없는 전사로 우뚝 서다!

변호사 윤진한

이해날 현대 판타지 장편소설

『어게인 마이 라이프』의 작가 이해날,
당신의 즐거움을 보장할
초특급 신작으로 돌아왔다!

아버지의 복수를 위해
악랄한 변호사가 되었으나 대기업에 처리당한 윤진한
로펌 입사 전으로 회귀하다!

죽음 끝에서 천재적인 두뇌를 얻은 그는
대기업의 후계자 경쟁을 이용해
원수들의 흔적마저 지우기로 결심하는데……

악마 같은 변호사가 그려 내는
두 번의 인생에 걸친 원수 파멸극!